KB017285

난 아프지 않아

이 도서의 국립중앙도서관 출판시도서목록(CIP)은
e-CIP홈페이지(http://www.nl.go.kr/ecip)와
국가자료공동목록시스템(http://www.nl.go.kr/kolisnet)에서
이용하실 수 있습니다.
(CIP제어번호 : CIP2012001360)

이병승

김도연

이경혜

구경미

권정현

변소영

북멘토

차례

우리 반 아이들의 얼굴이 연달아 떠올랐다. **무표정하지만 어딘지 모르게 이상한 미소를 감추고 있는, 그 얼굴들은** 우현이 몸의 검은 멍 자국과 하나씩 하나씩 겹쳐졌다.

이병승

1989년 『사상문예운동』으로 등단하여

푸른문학상, 눈높이아동문학상, 대한민국 문학&영화 콘텐츠 대전 등을 수상했습니다.

그동안 펴낸 책으로 『빛보다 빠른 꼬부기』, 『차일드 폴』,

『톤즈의 약속』, 『여우의 화원』 등이 있습니다.

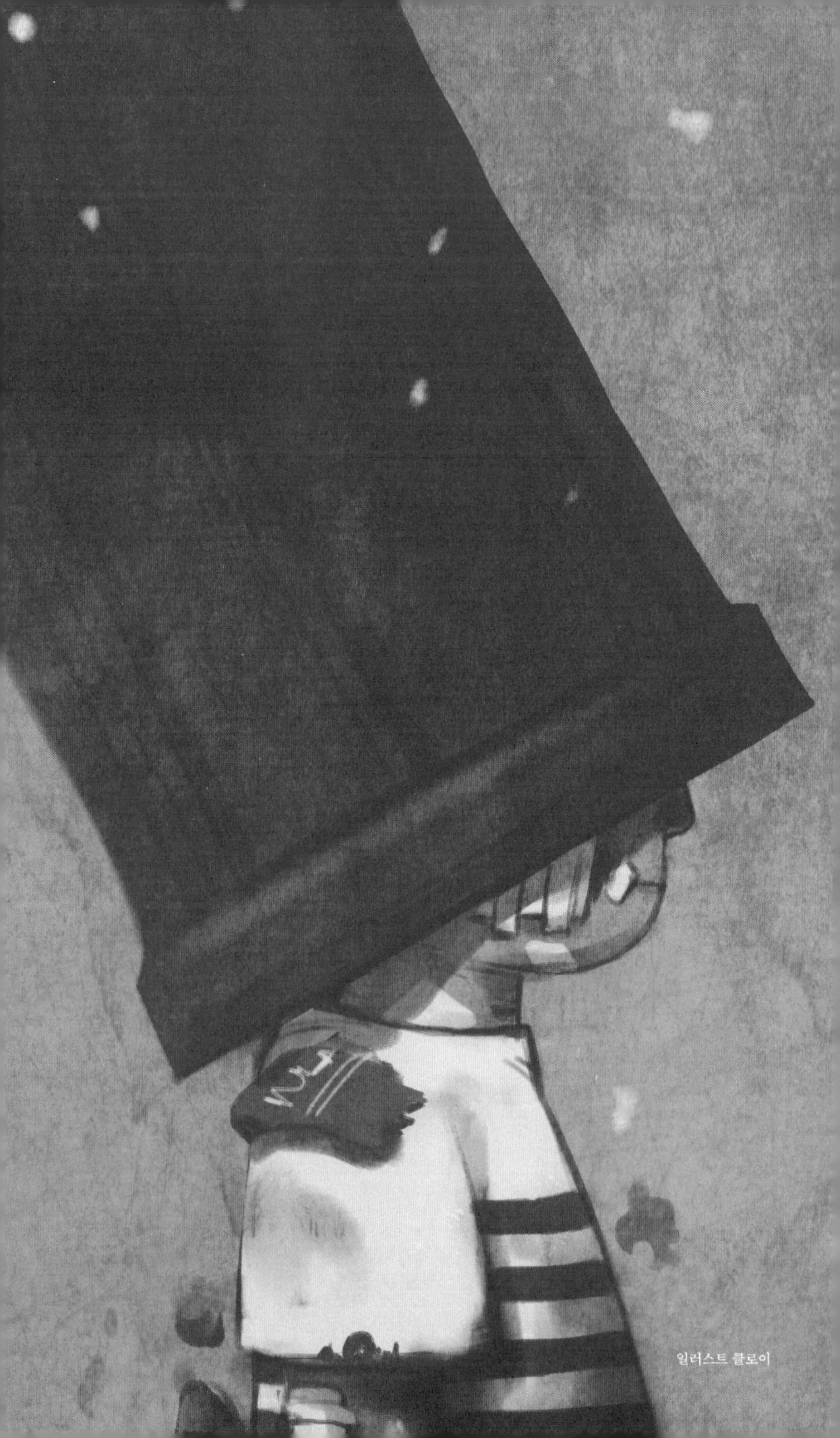

일러스트 클로이

나에게 멋진 친구가 생겼다. 〈순간 포착-세상에 이런 일이〉 같은 프로그램에나 나올 법한 신기한 아이. 우현이는 몸의 감각이 없는 아이이다. 바늘에 손가락을 찔려도, 자전거를 타다 넘어져도, 문에 손가락을 찧어도, 심지어 매를 맞아도 아픔을 느끼지 못한다.

난 UFO나 초자연현상 같은 건 믿지 않는다. 교회 주일학교에 열심히 다닐 때에도 예수님이 물 위를 걸었다는 얘기에 속으로 코웃음을 쳤다. 그런데 내 눈앞에, 그것도 우리 반에 그런 기적같이 신기한 녀석이 있을 줄이야!

우현이에게 그런 능력—맞다, 그건 분명히 능력이다—이

있다는 것을 알게 된 건 축복이었을까? 아니면 저주였을까?

찬바람이 쌩쌩 부는 1월의 어느 날, 초등학교 졸업식과 중학교 입학을 앞두고 모처럼의 여유를 부리며 늦잠을 자고 있던 나를 깨운 것은 엄마의 지나치게 의욕에 넘치는 목소리였다.

"빨리 일어나!"

엄마는 벌써부터 내 학원을 옮겨 놓았고 엄청나게 유능한 과외 선생님 면접까지 끝냈다며 나를 차에 태우고 어디론가 달렸다.

얼마 후 졸린 눈을 비비며 눈을 떴을 때 내 눈앞에 나타난 것은 서울대학교 정문이었다. 엄마는 내가 벌써부터 대학생이라도 된 듯 상상의 나래를 펴며 차로 교내를 한 바퀴 돌았다. 그리고 일부러 차에서 내려 잔디밭을 밟아 보기도 하고 구내식당에서 밥도 사 먹었다. 그리고 교문을 배경으로 사진까지 찍었다.

"얼마 안 남았어. 고작 6년 후야."

엄마는 나를 서울대에 집어넣을 수만 있다면 무슨 짓이든 할 수 있다고 했다. 자식의 미래를 위해서라면 엄마의 현재쯤은 얼마든지 포기할 수 있고 나를 위해서라면 악마가 되는 것도 불사하겠다며 두 주먹을 불끈 쥐었다.

중학생이 되자마자 나는 밤마다 기분 나쁜 꿈을 꿨다. 흉측한 괴물들이 뒤에서 덮치거나 자고 있는 내 가슴을 찍어 누르고 올라탔다. 이상한 액체를 내 얼굴에 질질 흘리며 킬킬거렸다. 그럴 때마다 난 숨이 막혀 허우적거리다 깨어나곤 했다. 학교에서도 학원에서도 이유 없이 짜증이 났다. 사소한 일에도 울컥 화가 치밀었다. 인내 지수 제로 상태였다. 입만 열면 나도 모르게 욕이 튀어나왔다.

어느 날 점심시간이었다. 나는 늘 그렇듯 또 가슴이 답답해졌다. 온몸이 저려 오는 것 같았다. 아이들이 시험 문제가 어땠느니 하며 떠드는 소리도 듣기 싫었고 반찬도 마음에 안 드는 것뿐이었다. 갑자기 울컥 화가 났다. 나는 외마디 비명처럼 욕을 내뱉으며 나도 모르게 책상을 발로 걷어찼다. 요란한 소리를 내며 책상이 엎어지고 식판이 튀어 올랐다. 뜨거운 국과 밥이 바로 앞에 앉은 우현이의 팔뚝에 쏟아졌다.

놀란 아이들이 '그대로 멈춰라' 동작을 한 채 눈을 동그랗게 뜨고 나와 우현이를 번갈아 가며 쳐다보았다. 나도 속으로 뜨끔했지만 내색하지 않고 우현이의 팔을 쳐다봤다. 이왕 이렇게 된 이상 실수였다고 하는 것보단 센 척하는 게 더 나을 것 같아서였다.

그런데 이상했다. 이런 경우라면 비명을 지르며 놀라고 아파서 팔을 털며 몸부림을 치거나 울어야 정상일 텐데, 우현이는 아무렇지도 않은 듯, 한 손으로 툭툭 밥알을 털어냈다. 뜨거운 국에 젖은 옷이 팔뚝의 살갗에 들러붙어 있었다. 나는 애써 아무렇지도 않은 표정으로 우현이를 데리고 수돗가로 갔다. 찬물에 팔을 적신 후 옷을 걷어 보니 살이 벌겋게 데어 있었다.

"괘, 괜찮아? 안 아파?"

나는 이 일로 선생님과 엄마에게 야단맞을 일이 걱정이었다. 하지만 우현이는 이상할 정도로 덤덤하기만 했다.

"괜찮아. 난…… 통증을 못 느끼거든."

처음엔 그 말이 믿어지지 않았다. 나는 공부 잘하는 우등생이고 선생님들의 관심과 사랑을 한 몸에 받고 있으니까 나 때문에 팔을 데었다고 난리를 쳐 봐야 '쯧쯧, 네가 좀 조심하지!' 같은 소리나 들을 게 뻔하다는 걸 알고 그냥 꾹 참는 줄 알았다. 그래서 조금 미안하기도 하고 자칫 상처가 덧나면 어쩌나 은근히 걱정도 됐다.

하지만 그런 걱정은 기우였다. 얼마 지나지 않아 우현이 말이 거짓이 아니라는 것을 알게 되었으니까.

엄마의 마녀 포스와 아빠의 무언의 압력 때문에 스트레스를 왕창 받고 또 악몽을 꾼 어느 날이었다. 수학 문제가 풀리지 않아 짜증도 났지만 마치 잠자리가 허물을 벗고 꿈틀

거리며 나올 때의 답답함처럼, 확 잡아 빼내지 않으면 안 될 것 같은 알 수 없는 화가 가슴을 타고 목구멍으로 치밀어 올랐다. 그때까지만 해도 나는 내가 무슨 짓을 하고 있는지 미처 깨닫지 못했다. 마치 뭔가에 홀린 듯 나는 교실 창가에 놓인 작은 화분을 집어 들어 신부가 부케를 던지는 것처럼 뒤로 휙 던졌다. 손가락 끝에서 화분이 미끄러져 허공으로 날아가는 순간, 아차 싶었지만 이미 때는 늦었다.

퍼억 –

화분은 날아가 우현이 머리에 떨어졌다. 우현이가 책상에 엎드리듯 쓰러졌다. 깨진 화분의 흙이 우현이의 머리와 어깨를 타고 쏟아져 내렸다.

대형 사고를 쳤다는 생각에 정신이 번쩍 든 나는 급히 우현이에게 달려가 어깨를 흔들었다. 우현이는 부스스 몸을 일으키더니 어깨에 쌓인 눈을 털듯 아무렇지도 않게 화분의 흙을 툭툭 털었다. 그리고 눈을 끔벅이며 말했다.

"괜찮아. 난 안 아파."

나도 놀랐지만 우리 반 아이들도 모두 놀랐다. 우현이는 너무나 태연했다. 정말 조금도 아프지 않은 것 같았다.

키도 작고, 아주 못생기진 않았지만 특별할 것도 없는, 그래서 아무도 그런 애가 있는 줄도 모를 만큼 별 볼 일 없던 우현이가 그 순간 갑자기 아주 특별한 아이가 되고 말았다.

"정말일까? 화분에 머리를 맞고도 안 아프다는 게 말이 돼?"

"보고도 못 믿어? 전에 뜨거운 국이 쏟아졌을 때도 아무렇지 않았잖아."

아이들은 서로 자기 말이 맞다며 옥신각신했다. 나도 우현이가 정말 아픔을 못 느끼는지 궁금했다. 그런 이상한 얘기는 한 번도 들어본 적이 없었다.

"거짓말이지?"

"아니, 정말인데?"

"진짜 못 느낀단 말야?"

"응."

나는 우현이의 말이 정말인지 거짓말인지 시험해 보기 위해 우현이 이마를 딱 소리가 나게 때려 보았다. 이마가 깨질 만큼 세게 때렸지만 우현이는 빙그레 웃기만 했다. 그래서 주먹을 쥐고 가운데 손가락을 살짝 내밀어 있는 힘껏 꿀밤을 때려 보기도 했다. 그래도 우현이는 안 아프다며 빙그레 웃었다. 아이들이 몰려들어 너도 나도 시험해 보겠다며 우현이 이마를 쥐어박았다. 우현이는 한 번도 아프다고 비명을 지르지 않았다. 아마 그때부터였는지 모른다. 내 마음속에 악몽 속의 괴물이 슬그머니 들어와 똬리를 틀기 시작한 것은.

나에게 학원은 학교보다 더 갑갑한 곳이었다. 엄마는 학교 선생님이 매를 드는 것은 절대 용납 못 하지만 학원 선생님에게는 태도가 달랐다. 성적을 올릴 수만 있다면 매를 들어도 좋다고 허락했다. 아니, 학원 상담실에서 나를 옆에 앉혀 두고 신신당부까지 했다.

"필요하다면 매를 드셔도 됩니다. 때려서라도 가르쳐 주세요."

"그렇게 부탁하지 않으셔도 우리 학원은 원래 그렇게 합니다."

원장 선생님은 우아하게 방긋 웃었다.

덕분에 나는 학원에서 자주 매를 맞았다. 보통은 자로 손바닥을 맞았지만 때로는 종아리를 걷고 다리가 퉁퉁 부을 때까지 맞기도 했다. 학원에서만큼은 압정에 눌린 매미처럼 옴짝달싹도 할 수 없었다. 학교에서처럼 식판을 뒤집어엎는다거나 화분을 집어 던지는 일 같은 건 꿈도 꾸지 못했다. 그랬다간 정말 사극에서나 보던 능지처참을 당할 게 뻔했다.

그러던 참에 우현이가 우리 학원에 나타났다. 우현이는 자기 엄마를 졸라 내가 다니는 학원으로 옮겨 달라고 떼를 썼다고 했다.

"왜?"

"……너랑 더 친해지고 싶어서."

그 순간 나는 전율하듯 앞으로 벌어질 일을 예감했다. 엄마를 졸라서 학원을 옮긴 이유가 나와 친해지고 싶어서라면 우현이는 내가 무슨 부탁을 해도 들어줄 것이다. 만약 그때 눈앞에 거울이 있었다면 나는 내 입가에 감도는 야릇한 새끼 악마의 미소를 보았을 것이다.

"우현아, 내 부탁 좀 들어줄래?"

"응, 뭐든지 말해."

"실은……."

나는 우현이에게 내 지독한 악몽과 가슴을 치고 오르는 울컥증에 대해 이야기했다. 어떻게든 그걸 풀지 않으면 죽을 것만 같다고 했다. 우현이가 눈을 동그랗게 뜨고 나를 바라보았다.

"나도 알아, 그런 느낌. 정말 죽을 것 같아. 황량한 모래벌판에 혼자 서 있는데 내 옆엔 아무도 없어. 까마귀만 까악까악 날아. 내가 죽으면 내 살점을 뜯어 먹을 것처럼 나를 노려봐."

내가 말한 이유를 모를 분노와는 조금 달랐지만 어쨌든 우현이도 뭔가를 느끼고 있다고 했다는 사실이 중요했다. 그건 우현이가 내 부탁을 들어줄 거라는 뜻이었다.

"내가 어떻게 해 주면 되는데?"

"넌 아픈 걸 못 느끼잖아. 그러니까…… 내가 화가 날 때마다 널 좀 어떻게 할게."

"어떻게?"

"좀…… 심하게."

우현이는 내가 무슨 말을 하는지 말하지 않아도 아는 것 같았다. 잠시 동안 곰곰이 생각하던 우현이가 고개를 끄덕였다.

나는 속으로 만세를 불렀다. 이제부터는 우현이만 옆에 있으면 된다. 나는 무슨 짓을 해도 된다!

나는 학원에서도 화가 나고 울컥할 때마다 정수기를 발로 차서 넘어뜨리거나, 책을 집어 던지거나, 거울을 깨뜨렸다. 물론 학원 선생님과 아이들의 눈은 교묘히 피해야 한다는 단점이 있긴 했지만 그 정도는 내가 참아야 했다.

"이거 누구 짓이야?"

학원 선생님이 범인을 찾아내고야 말겠다고 방방 뜰 때마다, 우현이가 손을 들었다. 그럴 때마다 우현이는 내 대신 야단과 매를 맞았다. 나는 그 대신 떡볶이나 군것질거리를 적당히 사 주면 끝이었다.

"정말 안 아픈 거지?"

"응. 괜찮아."

벌겋게 부풀어 오른 손바닥을 보면 내가 아프다는 착각이

들기도 했지만 나는 금방 눈을 돌렸다. 우현이가 아무리 통증을 못 느낀다고 해도 몸에는 좋지 않을 거라는 생각이 들기도 했지만 오래 생각하지는 않았다. 가끔은 우현이가 바보 같았고, 조금 미안한 생각이 들기도 했지만 그것도 많이 생각하지는 않았다. 우현이는 아무 내색 없이 그저 나와 친구가 된 것만 기뻐하는 것 같았다. 그거면 됐다고 생각했다.

"나 3학년 때도 너랑 같은 반이었는데…… 생각나?"

학원 버스 안에서 우현이가 물었다. 나는 솔직히 기억나지 않았지만 그렇다고 대답했다. 우현이는 눈을 동그랗게 뜨고 상기된 얼굴로 나를 보다가 고개를 돌렸다. 입가에 미소가 살짝 비치는 것이 약간 감동하는 것 같았다. 우현이는 도대체 어떻게 살았기에 겨우 이 정도 말에도 감동하는 것일까?

여름이 되자 매미들도 더워 죽겠다고 고래고래 소리를 질러댔다. 몇 번의 시험이 있었고 그럴 때마다 공부 스트레스가 더 심하게 몰려왔다.

그럴 때면 나는 방문을 닫아걸고 침대에 엎드려 이불을 뒤집어쓰고 고함을 질렀다. 용돈이 좀 생기면 노래방에 가서 실컷 노래를 부르기도 했다.

그런데 게임과 만화책을 금지시키며 야금야금 내 자유를 빼앗아 오던 엄마가 어쩌다 한 번 가는 노래방마저 금지시

켰다.

나는 화가 나서 커다란 베개를 샌드백처럼 마구 쳤다. 마침 우리 집에 모둠 숙제를 하러 왔던 우현이가 그 모습을 보더니 무척 놀라서 공부를 잘해도 스트레스가 있구나, 하고 중얼거렸다.

그때였다.

어쩌면 우현이가 베개도 될 수 있겠다는 생각이 스치고 지나갔다. 우현이는 맞아도 아프지 않은 아이니까 나를 위해 샌드백이 되어 준다면 그것도 나쁘지 않을 것 같았다.

나는 우현이를 베개처럼 툭 쳤다. 우현이가 히죽 웃었다. 뺨을 툭 쳤다. 우현이가 또 웃었다. 나는 점점 더 세게 우현이를 쳤다. 어깨와 가슴을 쳤다. 우현이는 몸이 휘청거려도 계속 웃기만 했다. 나는 커다란 곰 인형을 때리듯이 정신없이 우현이를 때렸다.

툭, 툭, 툭, 퍽, 퍽, 퍽, 퍼퍼퍼퍽!

우현이는 저항하지 않고 고스란히 내 주먹질을 다 맞아 주었다. 베개를 때릴 때와는 다르게 우현이의 몸을 때리자 뭔가 짜릿한 느낌이 밀려왔다. 막힌 속이 뻥 뚫리는 것 같았다.

전교 부회장인 준석이에게 그 얘기를 해 주었더니 준석이는 그런 얘기를 왜 이제야 하느냐며 눈을 반짝였다. 그날 이후 준석이가 우현이를 데리고 가는 것을 몇 번 보았지만 난 크게 신경 쓰지 않았다. 우현이는 살아 있는 곰 인형일 뿐이었다.

여름방학이 끝날 때쯤 되자 2학기에 대한 공포가 밀려왔다. 나는 우현이를 일부러 밀쳐 자전거에 부닥치게도 했다. 왜 그랬는지는 잘 생각나지 않는다. 무슨 자해공갈단처럼 자전거 주인에게 돈을 뜯으려고 한 것은 아니었다. 그냥 장난이었다. 속이 답답하고 화가 나서 그런 장난이라도 치지 않으면 미쳐 버릴 것만 같았다.

2학기가 되었을 때 나는 우현이와 조금 멀어졌다. 엄마의 감시의 눈이 더욱 철저해져서 이젠 친구를 만나는 것도 허락을 받아야만 했는데 우현이는 분명히 공부를 잘하는 아이는 아니었기 때문이었다. 엄마는 나보다 공부 잘하는 아이가 아니면 대문 앞에서 돌려보냈다.

나는 죽어라 공부를 했다. 엄마는 날마다 더욱 강력한 악마로 변신했다. 서울대 입구에서 찍은 사진을 커다랗게 뽑아 액자에 넣은 다음 내 책상 앞에 걸어 놓기까지 했다.

"우린 여기서 다시 사진 찍을 거야! 입학식 날 활짝 웃으면서!"

엄마는 마녀처럼 호호 웃었지만 나는 조금도 웃을 수 없었다.

가끔 우현이가 반 아이들에게 둘러싸여 어디론가 가는 모습을 보기도 했다. 우현이는 아이들 가방 예닐곱 개를 이고 지고 매고 있었다. 우현이와 눈이 마주치기도 했지만 나는 아무렇지도 않게 시선을 피했다. 우현이에 대한 걱정은 별로 하지 않았다. 우현이는 아무리 무거운 것을 들어도 팔이 아픈 줄도 모를 테니까. 나는 공부를 해야 하니까. 그리고 이제 우현이는 나만의 곰 인형이 아니라 우리 반 아이들 모두의 곰 인형이었다.

가을비가 주룩주룩 오는 날, 우현이가 비에 흠뻑 젖어서 교실에 들어왔다. 아픈 줄을 모르면 추운 것도 모를 것 아니냐며 아이들이 우산을 빼앗았다고 했다. 놀라운 탐구심이었다. 우현이는 덜덜 떨며 재채기를 했다. 또 어떤 날은 아이들이 우현이의 식판을 빼앗아 잔반통에 부어 버리기도 했다. 배고픈 것도 못 느끼는지 궁금했기 때문이라고 했다. 또 어떤 날은 옛날에 내가 그랬던 것처럼 뜨거운 국을 일부러 우현이에게 쏟기도 했다. 아픈 줄 모르는 건 알겠는데 상처도 빨리 낫는지 알고 싶었다고 했다. 언뜻 우현이가 움찔하는 모습을 보기도 했지만 그건 통증을 느껴서가 아니라 아이들의 태도에 겁이 난 거라고 생각했다.

언제부턴가 난 또다시 악몽을 꾸기 시작했고 난 우현이에 대해 깊이 생각할 여유가 없었다. 엄마는 수학 문제 하나에도 세상을 얻은 듯 환호했다가 세상이 무너지는 것처럼 바들바들 떨었다.

겨울이 오고 이른 첫눈이 내렸다. 급격히 떨어진 영하의 날씨가 계속 되면서 전교생을 대상으로 독감 예방주사 접종을 하게 되었다. 예고도 없이 갑자기 들이닥친 의사와 간호사를 보자 아이들은 화들짝 놀랐다. 학교가 술렁였다.

나는 이 세상에서 주사가 제일 무섭고 싫었다. 주삿바늘을 떠올리기만 해도 현기증이 나고 헛구역질까지 났다.

"우현아, 네가 나 대신 주사 맞아 줄래? 넌 주삿바늘이 들어가도 안 아프잖아?"

"응, 그러지 뭐."

나는 우현이에게 내 대신 주사를 맞게 했다. 주사를 맞은 증거로 받아온 스티커는 내가 가졌다. 아이들은 "나도, 나도!" 하면서 우현이를 다시 보건실로 보냈다. 우리는 우현이 뒤를 따라가 보건실 밖에 숨어서 창문 너머로 안을 들여다보았다.

몇 번 씩이나 주사를 맞으러 온 우현이를 이상하게 생각하고 다그치다 보면 우리가 시킨 일이라는 게 들통 날지도 모르니까.

다행히 의사 선생님은 바빴고 간호사 누나는 세 명이나 되어서 각각 다른 누나에게 갔기 때문에 아무도 우현이가 세 번째 주사를 맞으러 왔다는 사실을 눈치채지 못했다.

우현이가 네 번째 주사를 맞고 일어났다.

한 발자국, 두 발자국…….

우현이 걸음이 비틀거리기 시작했다. 창백해진 얼굴에 식은땀을 흘리던 우현이가 벽을 짚더니 걸음을 멈췄다. 그리고 우현이 눈이 하얗게 뒤집히는가 싶더니,

쿵!

맥없이 쓰러지고 말았다.

학교 운동장을 가로질러 흙먼지를 날리며 구급차가 달려와 우현이를 싣고 쏜살같이 다시 교문을 빠져나가는 동안에도 우리는 아무 일도 없었던 것처럼 서로 모른 척하고 있었다.

얼마 후 사색이 되어 교실로 뛰어온 선생님이 입술을 파르르 떨며 우리를 다그쳤다.

"너희들 도대체 우현이한테 무슨 짓을 한 거야? 왜 우현이가 독감주사를 네 번이나 맞았지?"

"……."

우리는 책에 얼굴을 파묻듯 고개를 숙이고 전혀 모르는 일이라는 듯 입을 다물고 있었다.

"정말 몰라?"

"네."

"그럼 우현이 몸은 왜 그래? 왜 온몸이 멍투성이냔 말이야?"

선생님은 교육청에서 난리가 났고, 교무실 전화는 계속 울려대고 신문기자들이 학교로 몰려오고 있다며 호들갑을 떨었다. 그 와중에도 우리는 일단 우현이가 아무 말도 하지 않았다는 사실을 알고 안심했다.

하지만 나는 시간이 흐를수록 슬슬 우현이가 걱정되었다. 수업이 끝나자 엄마한테 맞아 죽을 각오를 하고 학원 대신 우현이가 입원한 병원으로 찾아갔다.

우현이는 환자복 차림으로 침대에 누워 잠들어 있었다. 앙상한 오른쪽 팔뚝에 링거 바늘이 꽂혀 있었다. 가습기에서 뿜어져 나온 하얀 수증기가 우현이 얼굴로 내려앉았다. 나는 침대 옆에 우두커니 서서 가만히 우현이 얼굴을 내려다보았다. 나도 독감이나 걸려서 병원에서 한 달쯤 푹 쉬고 싶다는 생각이 들었다.

문득, 선생님이 말한 몸의 멍자국이 생각났다. 링거 바늘이 꽂혀 있는 팔뚝은 멀쩡했다. 나는 우현이의 환자복 윗도리를 슬쩍 걷어 보았다.

"!"

우현이의 배와 가슴은 온통 시퍼런 멍이 들어 있었다. 퍼렇다 못해 검붉었다. 배와 가슴에 세계지도처럼 펴져 있는 검붉은 자국. 옆구리엔 불에 댄 화상 자국도 있었다. 벌레가 기어가는 것처럼 흉측했다. 등골에 소름이 쫙 끼쳤다. 검붉은 멍 자국들 사이에는 뭔가 예리한 걸로 베인 듯한 자국도 있었다. 준석이가 나를 보면서 커터 칼을 밀고 당기며 웃던 모습이 떠올랐다. 교실에서 생일 케이크에 촛불을 붙일 때 성냥 대신 라이터를 꺼내 들었던 아이의 얼굴도 떠올랐다. 이어서 우리 반 아이들의 얼굴이 연달아 떠올랐다. 무표정하지만 어딘지 모르게 이상한 미소를 감추고 있는, 그 얼굴들은 우현이 몸의 검은 멍 자국과 하나씩 하나씩 겹쳐졌다.

나는 차마 눈 뜨고 볼 수 없을 만큼 참혹해진 우현이 몸에 떨리는 손가락을 가져갔다. 손가락 끝이 우현이 몸에 닿으며 살짝 눌리는 순간 피부의 감촉이 느껴지는 바로 그 순간이었다.

"으아아아악!"

우현이가 비명을 지르며 용수철처럼 튕겨 일어났다. 몸을 새우처럼 구부리고 무릎을 당겨 자기가 자기 몸을 끌어

안는 자세로 우현이는 부르르 몸을 떨었다. 얼굴엔 땀이 흥건했다.

서로 눈이 마주친 나와 우현이는 누가 먼저랄 것도 없이 소스라치게 놀랐다. 우리는 그대로 굳은 듯 멈췄고 잠시 시간이 멈춘 것처럼 정적이 흘렀다. 우현이는 아랫입술을 꽉 깨물고 두 눈을 질끈 감았다. 몸을 감싸고 있는 손을 내려놓으려고 했지만 손이 떼어지지 않는 것 같았다. 분명, 그건 아픈 것을 꾹꾹 눌러 참고 있는 몸짓이었다.

"너, 아……픈 거 못 느낀다면서?"

"……."

"응? 못 느낀다고 그랬잖아?"

"……."

"못 느낀다면서!!!"

"……."

내 목소리는 점점 커졌지만 우현이는 더욱 몸을 웅크릴 뿐 아무 말이 없었다. 쿵, 쿵, 내 심장이 마구 뛰기 시작했다. 불을 삼킨 것처럼 입이 바짝 타들어 갔다. 우현이의 떨리는 입술 사이로 삼키려 해도 삼켜지지 않는 신음이 흘러나왔다.

아아, 나는 왜 우현이의 말을 아무 의심 없이 믿었을까? 어쩌면 나는 무조건 믿고 싶었던 건 아닐까? 숨 막히는 악몽에서 잠깐이라도 벗어나려면 우현이를 그냥 곰 인형처럼 대하는 게 편했기 때문에, 우현이라는 샌드백이 필요했기 때문에.

"왜 그랬어?"

"……."

"왜 그랬냐고?"

우현이는 대답 대신 고개를 푹 떨구고 꺼억꺼억 울었다. 우현이의 모래벌판 같은 외로움이 확 느껴졌다. 몸의 고통을 참는 것보다 더 견디기 힘들었을 지독한 쓸쓸함이 나를 덮쳤다.

나는 뒷걸음질을 치며 도망치듯 병실을 빠져나와 어딘지도 모를 곳으로 마구 뛰었다. 내 등 뒤로 우현이의 몸에 박힌 시퍼런 멍 자국들이 허공으로 날아올라 나를 따라오고 있었다.

작가의 말

아기가 태어나면 피부와 피부의 접촉을 통해 사랑과 행복감을 느낀다. 그러나 또 다른 피부 접촉이 있다. 타격! 인간이 인간에게 가하는 물리적 폭력. 이 폭력은 피부를 뚫고 들어가 인간의 영혼을 파괴한다. 때린 자의 영혼도 망가진다. 이 단순한 사실조차 잊게 만드는 경쟁 일변도의 학교 현실이 마음 아프다. 뚜껑을 닫아 놓고 계속 쥐어짜면 아무리 좋은 물감이라도 결국은 터진다. 학교 폭력도 그런 것이 아닐까?

남한 사람들은 왜 우리에게 기억하고 싶지 않은 일들을 기억하라고, 얘기해 달라고 강요하나요? **우리들의 이야기가 재미있나요? 그 악몽이?** 저는 그냥 남한의 제 또래들처럼 살고 싶어요. 여기에 오기 전의 기억일랑은 모두 잊어버리고서요.

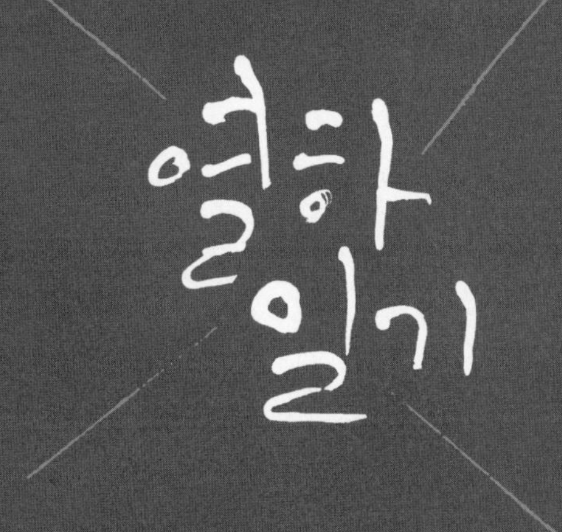

김도연

1991년 『강원일보』로 등단했습니다.

『중앙일보』 신인문학상(2000)을 수상했습니다. 그동안 펴낸 책으로

소설집 『0시의 부에노스아이레스』, 『십오야월』, 『이별전후사의 재인식』,

장편소설 『소와 함께 여행하는 법』, 『삼십 년 뒤에 쓰는 반성문』,

산문집 『눈 이야기』가 있습니다.

일러스트 클로이

선생님은 우리에게 인생에 있어 가장 오래된 기억을 글로 적어 보라고 하셨지요. 그러면서 선생님의 첫 기억에 대해 얘기했지요. 엄마로부터 젖을 떼던 일이 가장 멀리 있는 기억이라고. 달콤하기만 했던 젖이 어느 날 갑자기 쓰디쓴 젖으로 변한 사실을—젖에다 맛이 매우 쓴 약초 즙을 발라 놓은 걸 모르고—이해할 수 없었다고요. 엄마에 대한 배신감을 느꼈을 정도였다고요. (음…… 남자들은 어른이 되어도 어떨 땐 꼭 애기 같아요. 죄송!) 그건 그렇고, 창문을 넘어온 오후의 햇살이 졸음을 불러오는 교실에서, 쓰기 싫지만 어쩔 수 없이 저도 저의 가장 오래된 기억을 찾아 나섰습니다. 사실 선생님이 말씀하시기 전까진 기억이란 낱말 앞에다—가장 오래된, 처음의, 가장 멀리 있는—이런 수식어를 붙여 본 적이 한 번도 없었기에 조금 흥미롭기는 했답니다.

한 살, 두 살, 세 살, 네 살, 다섯 살…… 분명 그 어딘가에 저의 가장 오래된 기억이 오도카니 자리하고 있을 텐데 어느 것이 더 먼저인지 나중인지 헛갈리네요. 이불에 오줌을 눠서 할머니에게 야단맞던 일, 오지 않는 엄마와 아버지를 기다리며 열어 놓은 문 너머로 눈보라가 날리던 풍경, 어두운 밤 잠에서 깨어나 처음 본 낯선 아버지의 얼굴, 배가 고파 징징거리는 나를 잠재우려는 할머니의 자장가 소리, 그리고 압록강…… 아 참, 선생님, 저는 압록강과 두만강을 모두 건넜답니다. 엄마와 아버지의 등에 업혀서…… 그래요, 강을 건넌 게 아마도 가장 멀리 있는 기억일 것 같습니다.

캄캄한 밤이었습니다. 저는 엄마의 등에 업혀 있었지요. 할머니는 어디에 있는지 보이지 않아요. 보이지 않는 물이 내지르는 물소리가 들려 왔습니다. 압록강이었습니다. 세 살인가 네 살인가…… 아무것도 모르는 어린아이였지만 신발과 발목이 차례로 물에 젖기 시작하자 두려움이 몰려들었지요. 갑자기 강물 소리가 무시무시한 괴물로 변해 엄마와 나를 삼킬 것만 같았지만 소리 내 울 수도 없었어요. 오늘

밤만큼은 울면 절대 안 된다고 엄마가 신신당부를 했으니까요. 그게 무슨 소린지 알 수 없었지만 본능적으로 저는 느꼈지요. 강을 건너는 동안 절대 울면 안 된다는 것을. (선생님, 옆에 앉은 충성이가 제 글을 훔쳐보더니 압록강이 아니라 두만강이라고 하네요. 어떻게 압록강을 다른 거 없이 엄마 등에 업혀서 건널 수 있냐고 따지네요. 두만강이 아니라 분명 압록강이라고 충성이에게 쏘아붙였지요! 엄마에게 분명 그렇게 들었으니까요. 두만강은 나중에 건넜다고 말하며 눈을 부라렸지요.) 선생님, 그때, 그러니까 저의 가장 멀리 있는 그 어슴푸레하고 캄캄한 밤으로 다시 되돌아갈게요. 엄마의 등에 업혀 처음엔 허공에서 놀던 발이 점점 물속으로 들어갈 때, 무슨 생각이 든 줄 아세요? 아, 여기서 죽을지도 모르겠다. 그런 두려움에 사로잡힌 채 두 팔로 엄마의 목을 철사로 친친 감듯 꽉 껴안았습니다. 세 살인지…… 네 살인지…… 그 어느 밤에. 이 글을 쓰면서 떠오른 생각이 있네요. 그 밤, 엄마는, 나를 등에 업고 압록강의 물살을 헤치며 건너갔던 엄마는 어떤 생각을 했을까요. 제 발목이 물에 잠겼다면 저를 업은 엄마는 어디까지 잠겼던 걸까요. 얼마만큼 무서웠을까요. 엄마에 대해선 한 번도 생각해 본 적이 없었던 것 같아요. 음…… 왠지 마음이 착잡해지네요. 며칠 뒤 아버지를 만나지 못해 다시 어머니의 등에 업혀 캄캄한 압록강을 건너왔다고 하는데, 제 기억에는 없는 내용입니다. 아마 처음의 두려움을 건넜기 때문이겠지요. 하여튼 이게 저의 가장 오래된, 처음의, 가장 멀리 있는 기억인데, 선생님 때문에 캄캄한 기억 속을 들여다보게 되었는데, 저의 첫 기억을 읽은 선생님께선 다짜고짜 글을 써 보라고 하셨잖아요. 지나온 날들에 대해. 저는 당연히 싫다고 고개를 저었습니다. 쓰지 않겠다고 작은 소리지만 분명하게 의사를 밝혔잖아요. 선생님은 머쓱한 표정을 한 채 고개만 끄덕였고.

남한 사람들은 왜 우리에게 기억하고 싶지 않은 일들을 기억하라고, 얘기해 달라고 강요하나요? 우리들의 이야기가 재미있나요? 그 악몽이? 저는 그냥 남한의 제 또래들처럼 살고 싶어요. 여기에 오기 전의 기억일랑은 모두 잊어버리고서요. 탈북, 탈북자! 제발 그런 눈으로 보지 마세요. 다시 떠올리고 싶지 않은 기억을 떠올리라고, 그 기억이 대단히 좋은 글감이라고 말하지도 마세요. 글 같은 거 쓰고 싶지 않으니까요. 어떻게 악몽보다 더 무섭고 살벌했던 기억을 꺼내서 글을 쓸 수 있겠어요. 사실 선생님의 젖 이야기를 들으면서 조금 비웃었어요. 선생님도 우리들의 가장 오래된 기억을 읽고 얘기하셨잖아요. 부끄럽다고. 캄캄한 압록강 물에 휩쓸려 죽을지도 모른다는 생각을 한 게 첫 기억으로 자리 잡은 사람 앞에서 한없이 부끄럽다고. 하지만 시간이 흐른 뒤, 저는 오히려 선생님의 기억이 부러웠어요. 저도 그런 기억 정도가 유년에 머물러 있었으면 좋겠다고 생각했어요. 지금부터라도 그렇게 살고 싶어요. 그렇게 살려고 뒤늦게 이곳에서 초등학생 중학생이 아닌데도 남한의 초등학교 과정 중학교 과정을 배웠어요. 그런 뒤에야 간신히 제 나이에 맞는 고등학생이 되었어요. 남한의 평범한 고등학교 일 학년, 열하가 되었지요. 선생님은 그런 열하의 달콤하고 소중한, 쉬는 시간의 낮잠을 깨운 겁니다. 그런데…… 왜 제가 지금 컴퓨터 앞에 앉아 꾸역꾸역 자판을 두드리고 있는 거죠? 선생님 때문에 속상해 죽겠어요! 선생님은 말씀하셨지요. 글은, 소설은 어쩌면 거짓말일지도 모른다고요. '어쩌면 거짓말'을 통해 다른 무엇을 말하는 것이다,라고. 앞으로 제가 쓰는 이야기는 오로지 그 말에 기대기로 했어요. (이해하시죠? 헤헤!)

엄마는 저를 할머니가 있는 집에 데려다 놓고 다시 강이라는 국경을 넘어갔어요. 아버지와 엄마는 국경 너머에서 돈을 벌고 있다고 할머니가 말해 주었지요. 하지만 왜 저를 업고 압록강을 건넜다가 되돌아왔는지는 말해 주지 않았어요. 그 까닭을 묻기엔 저도 어렸고요. 사실 저는 거의 할머니랑 단둘이서 살았어요. 아버지는 제가 태어나기도 전에 국경을 넘어 돈 벌러 가셨고 엄마도 이내 뒤따라갔지요. 할머니는 그런 엄마 아버지의 안부를 묻는 제게 그때그때마다 다르게 대답해 주었어요. 중국에 있다고도 하고 러시아에 있다고도 했으니까요. 간혹, 아마 명절이거나 생일이었을 거예요, 두 분은 밤손님처럼 나타났다가 사라지곤 했는데 아침이면 저는 그게 꿈인지 현실인지 분간하기 힘들었어요. 할머니에게 물어봐도 알듯 모를 듯한 미소만 지었으니까요. 아, 할머니는 몸이 성치 않았어요. 한쪽 다리가 불편해 잘 걷지를 못했어요. 그런 몸으로 집 옆 작은 밭에다 농사를 지었는데 가을이면 도둑들 때문에 골치가 아팠어요. 할머니와 저는 밤이 되면 감자밭으로 나가 망을 봐야 했습니다. 그런데 어느 밤 나타난 도둑들은 할머니가 다리가 불편하기 때문에 쫓아오지 못한다는 걸 알고 있었지요. 그들은 태연하게 감자를 캐서 자루에 담아 사라졌습니다. 할머니는 소리만 지르고 어린 저는 울기만 했습니다. 아마 우리 집 사정을 아는 이웃에 살던 누군가의 짓이었을 겁니다. (지난번 작문 시간에 충성이의 글을 몰래 보다가 깜짝 놀랐습니다. 충성이도 자기네 감자밭을 지키다가 배가 고파 형과 함께 이웃집 몸이 아픈 할아버지의 감자를 서리한 적이 있었다고 고백을 했거든요. 저는 화가 나서 종일 충성이에게 싸늘한 눈길만 보냈답니다. 물론 충성이가 살던 곳은 우리 집과는 한참 멀리 떨어진 청진의 어느 산골이었지만.) 할머니 생각을 하면 언제나 마음이 아픕니다. 북한에 남은 할머니는 지금 어떻게 살고 계실까요. 살아 계시기나 할까요. (이래서 지난 일들에 관해 글을 쓰기 싫었단 말예요.)

어느 캄캄한 밤, 이번엔 아버지가 찾아왔습니다. 아버지는 저를 업고 달도 없는 밤길을 걸었습니다.

"아버지, 어디로 가요?"

"엄마 있는 데로 간다."

"엄마가 어디 있는데요?"

"가 보면 안다."

아버지의 등에선 시큼한 냄새가 물씬 올라왔어요. 저는 그 등에 얼굴을 묻고 아버지의 냄새를 맘껏 들이켰지요. 할머니 냄새와는 또 다른 묘한 냄새였으니까요. 아, 할머니!

"아버지, 할머니는 왜 같이 안 가요?"

"할머니는 다리가 불편해서 오래 걷지 못한다."

"할머니가 불쌍해요."

저는 소리 내 울지 못하고 눈물만 흘렸습니다. 세상이 어떻게 돌아가는지 모르는 어린아이였지만 왠지 차오르는 슬픔을 주체할 수 없었습니다.

"울지 마라. 아버지가 나중에 할머닐 꼭 업어 올 테니."

저는 아버지가 건네준 삶은 감자를 먹으며 간신히 눈물을 멈췄습니다. 저를 업은 아버지는 주로 밤을 이용해 며칠

인가를 걸어 두만강에 도착했습니다. 감자와 주먹밥이 모두 떨어질 때쯤, 할머니 생각을 해도 더 이상 눈물이 흐르지 않을 때쯤 수만 개의 자갈을 굴리며 가는 듯한 소리가 들끓는 강 앞에 도착한 것입니다. 압록강보다는 조금 덜 무서운 두만강을 바라보며 아버지와 저는 밤이 오기를 기다렸습니다. 아버지가 말했지요.

"저 강을 건너면 엄마가 있다."

선생님, 온통 물소리뿐인 밤의 두만강을 아버지의 등에 업혀 건넜습니다. 강을 중간쯤 건넜을 때 먼 데서 총소리가 들렸지만 저는 소리를 지르거나 울음을 터뜨리지 않았습니다. 입을 꽉 다문 채 봄날의 개구리들처럼 울어대는 물소리만 듣고 또 들었지요.

"아직 멀었어요?"

"조금만 더 가면 된다."

아버지와 저의 목소리는 이내 물소리에 실려 가 버렸지요. 가도 가도 물인 것만 같아 다시 물었습니다.

"이제 다 왔어요?"

"그래, 이제 다 왔다."

그러고 나서도 계속 물이었습니다. 아무것도 보이지 않으니 아버지와 나를 둘러싼 검은 물이 괴물처럼 춤을 추고 있는 것 같다는 생각이 불현듯 들면 눈을 꽉 감았지요. 하지만 눈을 감으면 더 무시무시한 물의 괴물들이 나타나는 바람에 이내 눈을 떠야만 했습니다. 제 기척을 눈치챘는지 아버지가 등을 두드려 주었습니다.

"안 무섭지?"

"하나도 안 무서워요."

"거의 다 왔다. 엄마가 따스한 이밥 해 놓고 우리 열하를 기다리고 있을 게다."

"아버지, 하나도 안 무서워요."

저는 눈을 부릅뜨고 어둠을 째려보며 대답했지요. 그렇게 그 길고 캄캄한 강을 건넜답니다. 선생님, 저 장하죠?

강을 건넜지만 우리 세 식구의 행복은 아주 짧았고 다시 긴 여행이 기다리고 있었습니다. 돌이켜보면 언제 끝날지 알 수 없는, 조마조마하고 아슬아슬한 여행이었지요. 중국 공안에 잡히면 꼼짝 못하고 북한으로 되돌아가야 하므로 엄마 아버지는 잠을 잘 때도 늘 긴장을 놓을 수가 없었어요. 그렇게 조금씩 남쪽으로 이동을 하던 어느 날 밤이었습니다. 어느 집 헛간에서 우리 세 식구가 지친 몸과 마음을 잠시 풀어 놓고 있을 때 공안들이 들이닥쳤습니다. 그들은 엄마와 아버지의 얼굴에 권총을 겨눈 채 무어라 떠들었고 그때 저는 잠에서 깨어났지요. 어린아이였지만 저는 알 수 있었어요. 그들이 우리를 잡아가려고 한다는 것을.

두려움에 사로잡혀 있는 부모님 사이를 뚫고 나간 저는 권총을 든 공안의 다리를 움켜잡고 울기 시작했습니다. 무턱대고. 공안이 저를 밀쳐내려 하면 할수록 더 세차게, 칡넝쿨이 소나무를 옭아매듯 손의 힘을 풀지 않았지요. 울음을 그치지 않은 채. 놀란 엄마 아버지가 떼어 내려 해도 마찬가지였습니다. 그치지 않는 내 울음이, 그들 마음의 온도를 조금만이라도 높여 주길 바랐지요. 어쩌면…… 세 살, 아니 네 살, 아니 다섯 살이었을 아이가. 얼마나 울었을까요. 엄마와 아버지를 겨누었던 공안의 권총은 슬그머니 제 집을 찾아갔습니다. 그들은 말했습니다. 아이 때문에 봐 주는 거다. 빨리 이곳을 떠나라. 저는 그 중국어를 충분히 알아들을 수 있었지요.

선생님, 그렇게 우리 세 식구는 낙엽처럼 중국 땅을 떠돌았습니다. 남한으로 갈 수 있는 실낱같은 희망을 찾아서. 일 년, 이 년, 삼 년…… 그 시간 속에서 저는 더 이상 부모님의 등에 업히지 않고 먼 길을 묵묵히 걸을 수 있게 되었고, 가끔 학교에 가는 아이들을 흘깃 훔쳐보게 되었고, 입에서 중국어가 툭툭 튀어나오게도 되었답니다. 그리고…… 너무 허망하게 아버지와 영영 이별하게 되었지요. 한 번도 아빠라고 불러보지 못한 아빠와. 그리고 이제 엄마와 단둘이 남게 되었지요. 황사 지독한 중국 벌판에.

선생님, 제 이야기를 더 듣고 싶으신가요? 제게 얘길 청한 걸 비로소 후회하시는 건 아닌가요? 이제 그만할까요? 아니에요. 선생님이 뭐라 하시든 저는 이 이야기를 더 끌고 나가기로 마음먹었어요. '어쩌면 거짓말'일지도 모를 이 이야기의 끝이 무엇인지 제가 더 궁금해졌기 때문입니다. 아, 그리고 선생님이 말씀하신 연암 박지원의 『열하일기』를 도서관에서 빌려 읽어 보았어요. 뭐, 제 이름과 같아서 끝까지 읽었다고 미리 고백할게요. 중간 중간 재미있는 부분도 있었고요. 관심을 끌었던 건 무엇보다도 그들이 걸어간 길을 그려 놓은 지도를 보는 거였어요. 압록강에서부터 연경까지, 그리고 연경에서 피서산장이 있는 열하까지의 그 길에서 저는 한시도 눈을 뗄 수가 없었어요. 그 길은…… 우리 가족이, 아니 캄캄한 밤에 압록강과 두만강을 몰래 건너간 사람들이 걸어온 길과 너무나도 흡사했거든요. 하여튼 그래서 이 글의 제목도 박지원의 『열하일기』와 제 이름을 섞어서 '열하 일기'로 정했답니다. 띄어쓰기 한 거 보이시죠? 열하가 거의 일주일을 고민해서 지은 제목이니 뭐라 하시면 안 됩니다! 자, 이제 열하는 엄마와 함께 마침내 남한으로 들어가게 됩니다. 아빠랑 이별한 슬픔을 마음 깊은 곳에 묻어 둔 채.

꿈에 그리던 한국에 도착했습니다. 이러저러한 절차는 중국 땅을 낙엽처럼 떠돈 것에 비하면 아무것도 아니었습니다. 어떻게 오게 되었냐고요? 한때 텔레비전을 켜면 흔하게 접할 수 있었던 탈북자들의 대사관 진입 경로와 그리 다르지 않아요. 죽을 각오로 대사관 쇠창살을 넘었을 뿐이지요. 그 담 하나가 마치 천국과 지옥의 경계, 아니 이승과 저승의 경계이기라도 한 것처럼 우리들은 맹렬히 달려갔던 것입니다. 가서, 쇠창살에 꽃을 피우듯 피를 흘리며 꾸역꾸역 넘어갔던 것입니다. 그렇습니다. 중국을 떠돌며 훔쳐보던 그 울타리 너머는 우리들에게 있어 바로 유토피아나 다름없었습니다. 인천공항에 도착했을 때는 이렇게 가까운 곳이었나, 하는 충격으로 한동안 얼떨떨한 상태에서 벗어날 수 없었답니다. 저는 가만히 호흡을 가다듬었지요. 중국에서 들었던, 남한에 대한 온갖 이야기들, 그 속으로 한 걸음 들어섰다는 흥분과 기대를 몰래 다독거리며.

하지만…… 엄마와 저의 꿈은 그리 오래가지 못했습니다. 따라갈 수 없는 꿈을 꾸었다는 것을 깨달았을 때 저는 막 사춘기로 접어들었고 엄마는 서울의 어느 식당 주방에서 손이 부르트도록 설거지를 하고 있었습니다. 설거지를 해서 번 돈으로 임대아파트 관리비를 내야 하고, 의료보험료, 연료비, 전화요금, 제 학원비, 그리고 먹고 입는 것을 해결해야 했지요. 엄마는 말했어요. 돈을 아껴 써야 한다. 너와 나,

누구라도 아프면 안 된다. 도와줄 사람도 없다. 세상에 우리 둘뿐이다. 엄마는 식당일이 끝나면 다른 곳에서 일을 하나 더 하고 새벽이 되어서야 집으로 돌아왔지요. 저는 그렇게 피곤에 지쳐 잠든 엄마의 주머니에서 지폐 몇 장을 꺼내 챙기곤 학교에 가기 위해 집을 나서곤 했지요. 황량한 섬처럼 떠 있는 듯한 집을. 꿈과는 너무나 거리가 먼 비현실적인 집을. 저녁이면 다시 돌아가야 하는 집을. 그러던 어느 날 새벽, 엄마는 잠을 자는 나를 깨웠지요.

"열하야, 엄마가 너무 힘들다. 그래서 남쪽 남자와 결혼하려고 한다. 이해해 주겠니?"

"……결혼? 아버지는 어떡하고?"

"열하야, 아버지는 돌아가셨잖아. 결혼해서 둘이 같이 벌면 훨씬 살기 편할 거야. 너도 좋은 옷 사서 입고 맛난 것 먹으며 여행도 할 수 있고."

"아버지를 벌써 잊은 거야?"

"잊은 게 아냐. 열하야, 엄마 혼자 일하는 게 너무 힘들어서 그래. 돈을 많이 벌어야만 나중에 너 대학 갈 학비도 마련할 수 있고."

"누군데……."

"응, 식당에서 같이 일하는 아저씨야."

"아버지가 불쌍해……."

엄마와 저는 한동안 부둥켜안고 울기만 했습니다. 서러워서. 아무 이유 없이 서러워서. 엄마는 그다음 일들을 일사천리로 처리해 나갔지요. 셋이서 간단하게 외식을 하는 것으로 모든 결혼 절차를 대신하고 새아버지가 곧장 우리가 살고 있는 집으로 들어왔지요. 선생님, 문제는 바로 저였어요. 그날 새벽 엄마와 부둥켜안고 아침까지 울고 며칠 뒤 새아버지를 처음 만났는데, 어쩌면 좋아요, 아무리 봐도 그가 마음에 들지 않는 거예요. 함께 살면서 시간이 흐르면 좋아지겠거니 생각했지만 소용이 없었어요. 오히려 더더욱 싫어졌으니까요. 새아버지가 저를 무시하는 것도 아닌데 아무리 좋게 생각하려 해도 뜻대로 되지 않는 거예요. 엄마와 새아버지는 잘 지내시는 것 같은데요. 그러니 더 속상한 거예요. 제가 나쁜 아이인 것만 같아서. 대화가 끊긴 건 물론이고 나중엔 새아버지와 눈을 마주치는 것도 피할 정도가 되었으니까요. 어이없이 돌아가신 아버지 생각만 새록새록 떠오르고. 그런 저의 상태를 눈치챈 엄마가 까닭을 물어 왔지요.

"엄마…… 새아버지랑 헤어지면 안 돼? 나, 좋은 옷 안 입어도 되고 맛있는 거 안 먹어도 돼. 대학 안 가도 돼. 그냥 옛날처럼 둘이 살면 안 돼? 가난해도 상관없어."

엄마와 저는 서로 일방적인 말들만 계속해서 꺼내 놓다가 결국 더 이상 할 말을 찾아내지 못하고 등을 돌렸습니다.

엄마의 왜,라는 말에 그냥 싫다는 말만 꺼내 놓을 수밖에 없어서 답답했지요. 그 얼마 후 결국 저는 가출이란 걸 했습니다. 그냥 나왔는데, 학교에 가지 않고 며칠 친구 집에 머물렀는데, 어느 날 문득 생각해 보니 그게 가출이었습니다. 수소문 끝에 찾아온 엄마에게 저는 북한이탈자 자녀들이 다니는 기숙학교로 보내 달라고 간청을 했지요. 하지만 엄마는 떨어져 살 수 없다고 분명하게 선을 그었어요. 저는 집에 들어가지 않겠다고 버티다가 엄청 얻어맞고 끌려갔습니다. 하지만 엄마를 이해하고 새아버지를 이해하려 했지만 모두 허사로 끝났지요. 다시 집을 나왔습니다. 엄마가 쉽게 찾을 수 없는 곳에서 바싹 마른 낙엽처럼 떠돌아 다녔습니다. 속으론 어서 빨리 엄마가 찾아오길 기다리며. 할머니와 단둘이 살던 그 집으로 돌아가고 싶은 마음이 굴뚝의 연기처럼 솟아날 때 찾아온 엄마는 내 손을 잡고 이렇게 말했습니다. 이 세상에서 엄마한테는 열하밖에 없다. 네가 새아버지와 함께 사는 게 힘들다니 엄마는 조만간 그분이랑 헤어지겠다. 저는 기숙학교로 보내 달라고 거듭 간청을 했지요. 그리고 엄마 혼자서 힘든 거 아니니 새아버지랑 함께 살아야 한다고 아주 작은 소리로 중얼거렸습니다. 엄마의 마음을 몹시 아프게 만들었던 두 번째 가출이 그렇게 끝을 맺고 있었지요. 선생님, 제가 얼마나 나쁜 아이인지 이제 아시겠지요?

선생님, 지금 제가 있는 이곳은 더할 수 없이 따스한 곳입니다. 뭐, 기숙학교여서 조금 갑갑한 면도 있지만 그래도 지난날들을 생각하면 천국이나 다름없지요. 가끔 저를 괴롭히는 충성이 녀석과 눈알이 빠져라 들여다봐도 여전히 어려운 수학만 제외한다면 말입니다. (아, 선생님을 만난 건 제 인생의 행운입니다! 아부가 아니라 진짜!) 언젠가 선생님은 우리들에게 아무리 괴롭더라도 자신의 기억을 소중하게 여겨야 한다고 했지요. 주머니 속의 돈보다 그게 더 큰 재산이 될 수 있다고 하셨잖아요. 그때 저는 사실 속으로 코웃음을 쳤다고 말씀드렸잖아요. 남쪽 사람들은 편하게 살아서 아무것도 모른다고. 아름다운 기억도 아닌데 어떻게 떠올리기조차 싫은 기억을 소중하게 간직할 수 있냐고 따지고 싶었어요. 선생님은 또 이렇게 말씀하셨지요. 자신의 고향을 잊어서는 안 된다고. 이 글을 쓰는 동안 비로소 지금까지와는 조금 다른 눈으로 제 기억을 들여다볼 수 있었던 것 같아요. 아직도 많이 서투르지만. 갑자기 할머니가 보고 싶어요. 살아 계시겠죠? 병으로 돌아가신 아버지, 아니 아빠. 아빠, 부디 좋은 곳으로 가세요. 그리고…… 펄펄 끓거나 얼음같이 차가웠던 중국의 길. 압록강과 두만강의 캄캄함. 엄마 아빠를 겨누었던 공안의 권총. 대사관 쇠창살에 피었던 붉은 꽃…… 언젠가 제가 이 모든 것을 온전히 해석할 날이 오리라 믿어요.

엄마, 미안해요. 엄마와 새아버지를 헤어지게 만든 건 오로지 제 책임이에요. 나만 외로웠지 엄마도 외로울 거란 생각을 한 번도 해 보지 못했어요. 그래요, 선생님. 이제 조금 알겠어요. 아픈 기억일수록 도망가려 하지 말고 부딪쳐야 한다는 사실을. (저 많이 컸지요? 헤헤!)

선생님, 간밤에 꿈을 꾸었어요. '열하 일기'의 마지막은 그 무서운 꿈으로 마무리할게요.

"열하야, 무서워도 울면 안 된다."

"엄마, 걱정 마세요."

"물이 요상한 모습으로 변해 손 내밀어도 못 본 척해. 알았지?"

"응. 엄마 목만 꼭 잡고 있을게요."

"어머니, 괜찮으세요?"

"너희들끼리 가지. 몸 불편한 늙은인 왜 고생스럽게 데려 가냐."

"무슨 소릴 하세요! 우린 가족이잖아요."

"나 때문에 아범이 고생이니 그렇지."

우리 가족은 캄캄한 강을 건너가고 있었습니다. 주변엔 우리 말고도 다른 사람들이 아이들을 등에 업고 보따리를 머리에 인 채 강을 건너고 있다는 걸 저는 알 수 있었지요. 그때였습니다. 갑자기 폭죽이 터지듯 하늘이 밝아지더니 물소리를 잠재우는 총소리가 요동을 치기 시작했습니다. 검은 강이 갖가지 괴물의 형상으로 모습을 바꿔 삼킬 듯이 몰려들었지요.

"꽉 잡아! 절대 손을 놓으면 안 된다!"

총알이 내뿜는 빨간 선들이 소나기처럼 강 위를 휙휙 날아가다가 사라지고 사람들은 비명과 함께 물 위에 둥둥 떠서 흘러갔지요. 저를 업은 엄마와 할머니를 업은 아빠는 그 아수라장을 헤치며 조금씩 강을 건너가고 있었지요. 끝이 보이지 않는 강을.

"어머니, 괜찮으세요?"

"……."

"어머니?"

"……."

"아빠?"

"……."

선생님, 이게 다예요.

이 모든 게 거짓이든 진실이든 이제 저는 그 일들에 대해 더 이상 말하지 않을 거예요. 고등학교 일학년 열하의 평범한 인생을 살아갈 겁니다. 제가 지나온 이 모든 것들과 잠시 헤어지려고 합니다. 그 악몽들에서 선생님 말대로 꽃이 피어나려면, 그래요, 얼마간의 시간이 필요하겠지요. 아니, 꽃이 피어날지 어떨지도 사실 잘 모르겠어요. 그래도 상관없어요. 기대하지도 않을 거예요. 다만 선생님이 말씀하신, 기억을 감당할 수 있는 그 시간이 온다는 것을 믿어 보기로 했어요. 그때까지 제가 잘 버틸 수 있도록 응원해 주세요.

작가의 말

한 해를 마무리하고 다시 시작할 준비를 하는 12월의 어느 저녁 '문학의 밤' 행사에 참석했다. 한겨레학교 아이들이 '내가 제일 행복했을 때'란 플래카드 아래에서 시와 산문을 낭송하고 연극과 장기자랑을 하는 자리였다. 객석에 앉아 아이들의 공연을 바라보면서 나는 눈물을 참으려고 애를 썼다. 행복과 희망을 노래하는 자리에서 눈물을 보일 수는 없었다. 이 이야기에 등장하는 어여쁜 열하도 거기에 있었다. 나는 열하의 시를, 산문을, 일기를, 연기를, 아코디언 연주를 듣다가 밤이 늦어서야 집으로 돌아왔다. 열하의 소박한 꿈이 아름다운 꽃을 피우길 기원하며.

단 한 가지만은 기억해 주기 바란다. 박기훈이라는 이름 석 자. 내 친구였지만 **공수부대의 진압봉에 두드려 맞아 열여섯에 죽어 이제는 여러분의 친구가 되고 싶어 하는 그 녀석의 이름만은** 말이다. 오늘 내 수업 목표가 그것이었으니까. 역사란 결국 한 사람의 이름을 사무치게 기억하는 일일 뿐일지도 모른다.

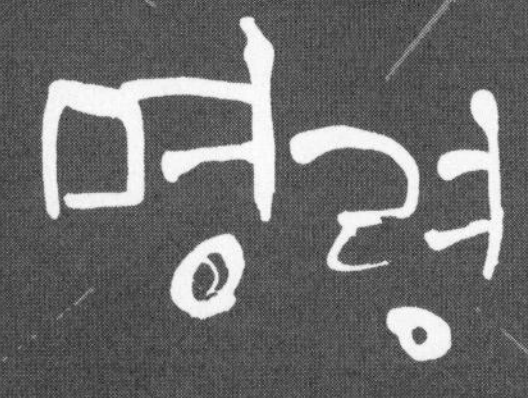

이경혜

1992년 『문화일보』로 등단했습니다.

2001년 한국백상출판문화상에서 『마지막 박쥐공주 미가야』로

아동문학 단행본 부문을 수상했습니다.

그동안 펴낸 책으로 『어느 날 내가 죽었습니다』, 『그 녀석 덕분에』,

『스물일곱 송이 붉은 연꽃』, 『할 말이 있다』, 『유명이와 무명이』,

『새를 사랑한 새장』 등이 있습니다.

일러스트 클로이

오늘이 마지막 수학 시간이구나. 너희들도 졸업을 하지만 나도 학교를 떠난다. 아, 아… 조용히! 조용히! 내가 왜 학교를 그만두는지에 대해서는 이제 얘기할 것이다. 자, 수학책은 덮고 이 책을 주목하도록! 그래, 아주 낡은 책이지? 내가 여러분만 할 때 보던 책이니 몇 십 년이나 된 책이다. 이제는 낡다 못해 너덜너덜하다. 뭐라고 써 있냐고? 아니, 이 정도 한자도 못 읽나? 반장, 읽어 봐. 그래, '필·승·중·학·수·학…….' 보다시피 문제집이다. 자, 자, 조용히! 안 그래도 이 책에 대한 사연부터 얘기할 것이다.

얘기를 시작하기 전에 한 가지만 부탁하겠다. 이 수업은 내 20년 교직 생활의 마지막 수업이다. 안 그래도 내 수업은 따분하기로 유명하다는 거, 잘 안다. 내 별명이 '수면제'라는 것도. 그러나 나도 마지막 수업을 앞두곤 마음이 좀 싱숭생숭했다. 너희들에게 지겹게 쑤셔 넣으려 했던 수학이 아니라 무언가 의미 있는 얘기를 하고 싶었다. 무슨 얘기를 할까, 고민했다. 수학 선생이니 수학과 관련된 얘기를 하려고 했는데 너희 얼굴을 떠올리니 너희랑 비슷한 다른 얼굴 하나가 자꾸 떠올랐다. 그 얼굴이 나를 계속 졸라댔다. 자기 얘기를 해 달라고 말이다. 그게 누구냐고? 바로 박기훈이란 아이다. 내 친구였지만 이젠 내 친구일 수 없는 녀석, 열여섯, 너희 나이에 목숨을 잃어서 영원히 열여섯으로 남은 친구다. 지금 우리가 만난다면 그 녀석은 나를 늙은 꼰대로나 여기겠지. 그렇게 나를 졸라댄 걸 보아도 그 녀석은 너희들과 친구가 되고 싶었던 모양이다. 나보다는 너희들과 잘 통할 테니까. 아니면 오랫동안 너무 외로웠던가. 수학하고 상관도 있다. 기훈이 얘기는 내가 수학 선생이 된 사연이기도 하니까. 하지만 나는 국어 선생도 아니고, 역사 선생도 아니라 이런 얘기가 서툴다. 그래서 이렇게 종이에 대강의 이야기를 따로 써 왔다.

부탁은 이것이다. 오늘만은 온몸이 뒤틀려도 떠들지 말고 내 얘기를 들어달라는 것. 나를 위해서가 아니라, 내 친구였던, 그리고 지금은 너희들의 친구가 되고 싶어 하는 그 녀석, 기훈이를 위해서 말이다. 산 자들은 그래야 한다. 죽은 자들 앞에서는 조용히 귀라도 기울여야 하는 것이다. 우리에겐 그들에게 없는 목숨이 붙어 있으니 말이다. 자, 그럼 이야기를 시작하겠다.

옛날 옛날 빛고을이라는 저 남쪽 도시에 기훈이란 아이가 살고 있었다. 그 아이는 중3이었지만 막내인데다 성장도 늦되어서 어린아이 같았고, 어머니를 몹시 따랐다. 어머니 역시 늦둥이로 얻은 기훈이를 눈에라도 넣을 듯 귀여워하였다.

친구 이야기를 한다더니 웬 옛날이야기냐고 할지 모르지만 1980년, 겨우 30년 전 일인데도 내겐 그때가 오랜 옛날로만 느껴진다. 그때 일어난 일이 지금까지도 잘 믿어지지 않는 탓이다. 하긴 너희들은 태어나지도 않았을 때이니 옛날이라면 옛날이겠지?

아마도 너희 부모님들이 지금 너희만 할 때였을 거다. 나와 기훈이는 같은 반의 가장 친한 친구였다. 기훈이가 키 순서로 3번, 내가 4번이었다. 우리는 그렇게 아직 덜 자란 어린애인데다 둘 다 막내여서 아주 잘 통했다. 그 나이면 이미 청년처럼 키도 크고 의젓한 친구들도 있었지만 우리는 스스로 보기에도 한심할 만큼 애송이였다. 키 크고 성숙한 뒤쪽 친구들이 얼마나 부러웠는지 모른다. 기훈이네 놀러 갈 때면 기훈이 어머니가 "우리 아가들, 이것 잠 먹어라" 하면서 이것저것 끝없이 먹을 것을 챙겨 주곤 했던 게 기억난다. 우리 어머니보다 훨씬 나이가 많았던 기훈이 어머니는 우리 어머니보다 훨씬 더 아들을 챙겼다.

모든 게 비슷했던 우리는 쌍둥이처럼 붙어 다녔다. 같이 공부를 하고, 같이 자전거를 타고, 같이 음악을 듣고, 같이 영화를 보며 놀았다. 이소룡과 비틀즈의 광팬인 것도 우리의 공통점이었다. 기훈이는 언제나 '렛 잇 비(Let it be)'를 흥얼거렸고, 나는 '예스터데이(Yesterday)'를 좋아했다. 기훈이는 쌍절곤을 가지고 놀았고, 나는 "아뵤~" 하는 이소룡의 기합 소리를 따라 했다.

빛고을은 우리가 산 도시의 이름이었다. 빛 광(光) 자, 고을 주(州) 자, 우리 선조의 예지력이 얼마나 뛰어났는지 그 이름은 정확하게 자신을 증명했다. 총구에서 쏟아져 나오는 빛이 그 고을을 피로 물들였고, 그 고을에서 쏟아져 나온 분노와 고통의 빛이 결국 이 나라의 역사를 바꾸었다.

광주민주항쟁은 너희들도 잘 아는 사실이다. 교과서에도

나오고, 영화로도 만들어졌으니까. 그러나 내게 6·25가 조선시대 일처럼 아득하듯이 광주항쟁 역시 너희들에게는 지극히 먼 옛날 일로만 여겨지겠지.

5월이었다. 기훈이 누나가 아기를 낳는 바람에 기훈이 어머니는 딸을 돌봐 주러 대전으로 갔다. 수학여행을 앞둔 때였다. 기훈이는 불만이 대단했다. 날마다 전화를 걸어 보채는 바람에 결국 어머니가 집으로 왔다.

여행 전날, 그 집에 놀러 갔더니 녀석은 "오늘 우리 엄마 온다!" 하면서 얼굴까지 발그레해진 채 들떠 있었다. 수학여행은 핑계였다. 기훈이는 정말로 엄마가 무척이나 보고 싶었던 것이다. 그날 저녁, 기훈이 어머니는 떨어지지 않으려는 늦둥이 막내아들을 품고 함께 잠들었다.

1980년 5월 17일 아침, 우리들은 그저 좋아하며 수학여행을 떠났다. 다음 날이면 그곳에 어떤 끔찍한 일이 일어날지 꿈에도 짐작 못 한 채 말이다. 어머니 역시 그것이 아들을 마지막으로 보는 것인 줄도 모른 채 다시 누나네로 떠났다.

3박 4일의 수학여행이었다. 뒷자리의 친구들은 모여 앉아 몰래 술도 마시고, 선생님을 골탕 먹이는 장난도 쳤지만 우리는 집을 떠나 밖에서 잔다는 데 너무 흥분해서 보는 것마다 사진을 찍고, 식구들 선물을 고르느라 바쁠 뿐이었다.

그사이 빛고을에는 난리가 일어났다. 우리나라 국군이 빛고을 사람들을 때리고 죽이는, 있을 수 없는 일이 일어난 것이다.

그때는 18년이나 이 나라를 통치하던 독재자가 부하한테 총을 맞고 죽는 바람에 그동안 억눌렸던 국민들이 모두 들고일어섰을 때였다. 다시 그런 놈들한테 나라를 빼앗기면 안 되기 때문에 모두들 열심히 민주화를 외쳤다. 그런 와중에 쓰러진 독재자의 자리를 차지하려는 싸움이 군인들 사이에서 일어났고, 권력을 잡은 군인들이 생겼다. 그들에겐 민주화를 외치는 국민들의 입을 틀어막을 명분이 필요했다. 한 마디로 희생양이 필요했고, 그 희생양으로 선택된 것이 빛고을의 시민들이었다. 빛고을 사람들이 지도자로 떠받들던 정치가가 그 군인들에게 눈엣가시였던 점도 작용했을 것이다.

온 나라에서 민주화 시위가 일어났건만 빛고을에만 군대

가 투입되어 상상도 못 할 폭력을 휘두르기 시작했다. 사람들은 자신의 눈을 믿을 수가 없었다. 진압봉과 대검으로 개 패듯 패고, 무 찌르듯 찔러 대니 사람들이 죽어 나가기 시작했다. 신문과 TV에서는 빛고을에 간첩이 침투되어 폭도들이 난리를 일으켰다는 방송만 연일 나왔다. 빛고을 사람들은 분노가 치밀어 방송국에 불을 질렀다. 바로 그날이 우리가 돌아온 날이었다.

노심초사 우리를 기다리던 부모님은 밖에 나가면 큰일 난다며 꼼짝도 못하게 했다. 그러나 우리는 실감을 못 했다. 방송국마저 불에 타 TV도 안 나오는데 집 안에만 있으라고 하니 좀이 쑤셔 죽을 지경이었다. 쌍둥이 같았던 우리였으니 생각도 같았다. 집 밖에 외출할 수 있는 핑계란 것도 뻔했다.

갑갑했던 우리는 둘 다 동네 책방에 간다고 집을 나왔다. 문제집만 사서 금방 온다는 조건으로 부모님은 간신히 허락을 해 주었다.

아무리 난리가 났다지만 데모하는 대학생들이나 위험할 거라 생각했고, 동네 앞에 잠깐 갔다 오는 거니 괜찮을 거라고 믿었을 것이다. 내가 먼저 책방에 가 있는데, 아니나 다

를까, 좀 있으니 기훈이가 쑥 들어왔다. 우리 동네는 계림동이라고 헌책방이 모여 있는 동네였다. 우리는 틈만 나면 단골 책방에 가서 만화책이나 잡지를 읽다가 눈치가 보일 때쯤 참고서 한두 권을 골라 나오곤 했다. 너희들이 PC방 가면 다 만나듯이 우리는 그곳에서 늘 마주쳤다.

우리는 구석에 서서 만화책을 뒤지며 소곤거렸다. 군인들이 젊은 사람을 다 잡아다 죽인대, 이게 뭔 일이다냐, 군인이 왜 우리나라 사람을 죽여? 군인은 적군을 죽여야지? 그러게 말여, 아무래도 군인들이 미쳤는갑다, 조금 겁이 나긴 했어도 그건 우리에게 불구경처럼 흥분되는 이야기일 따름이었다.

"그나저나 엄마가 오늘 온대더니 차를 놓쳐 버렸댄다, 화딱지 나게."

기훈이가 투덜거렸다. 난리보다 절실한 문제는 그런 거였다.

"내 참, 넌 어째 사내자식이 맨날 엄마 타령이냐?"

내 말에 기훈이는, "이 자식이!", 그러면서 내 머리에 꿀밤을 먹였다. 기훈이는 아버지가 기다린다고 가자고 했다. 나는 읽고 있던 만화책이 너무 재미있어서 그것만 읽고 가겠다고 혼자 먼저 가라고 했다.

기훈이가 문제집을 사들고 책방 문을 열고 나가 막 자전거에 올라탈 때였다. 갑자기 어디선가 무장한 군인들이 나타났다. 군인들은 다짜고짜 자전거에 올라타는 기훈이를 낚아챘다.

"왜 그러세요? 저는 중학생이에요. 동신중학 3학년이에요. 왜 그러세요?"

기훈이는 떨면서도 똑똑히 외쳤다.

군인들은 그 말에는 아랑곳하지 않은 채 다짜고짜 "너, 자전거 타고 다니면서 데모꾼들 연락해 주는 거지? 너, 연락병이지?" 하고 몰아치더니 진압봉으로 기훈이의 머리를 내리쳤다.

순식간의 일이었다.

아니라고, 나는 중학생이라고 외치는 기훈이의 목소리는 끝을 맺지 못했다. 작고 야윈 기훈이의 몸은 스르르, 힘없이 미끄러져 내렸다.

바로 어제 본 것처럼 내게 너무도 뚜렷한 장면이다. 수천 번도 더 반복해 떠올려 본 장면이니까. 나는 책방 문을 열고 나가는 기훈이를 향해 잘 가라고 손을 흔들다 유리문 너머의 그 광경을 보고 말았다. 군인들이 나타났을 때는 나도 모르게 몸을 수그려 책 더미 뒤로 숨었다. 군인들의 쩌렁쩌

렁한 목소리와 와들와들 떠는 기훈이의 목소리가 고스란히 들려왔다. 기훈이가 쓰러지는 모습은 너무도 조용해서 나는 기훈이가 아니라 기훈이의 옷이 미끄러져 내리는 줄로 알았다. 기훈이는 맥없이 그렇게 쓰러졌다.

나는 온몸이 부들부들 떨려 고개조차 돌리지 못했다. 책방 아저씨조차 쳐다볼 수 없었다. 군인들이 당장 책방 문을 열고 들이닥칠 것만 같았다. 그 지옥과 나 사이엔 허름한 미닫이 유리문 한 장만 있을 뿐이었다. 무엇인가 두드려 대는 소리가 한참이나 더 들렸다.

군인들이 쓰러진 기훈이를 데리고 사라지자 책방 아저씨가 문밖으로 뛰쳐나갔다. 동네 사람들도 몰려와 웅성거렸다.

그래도 나는 꼼짝도 할 수 없었다. 너무 무서워서 숨도 쉬기 힘들었다. 거기다 나는 믿고 싶지 않았다. 내 친구에게 무슨 일이 일어나서는 절대 안 되었으니까.

얼마나 시간이 흘렀는지 모른다. 누군가 부모에게 알려야 한다고 뛰어갔다. 가엾어서 어쩌냐며 울음을 터뜨린 동네 아주머니의 목소리도 들려왔다.

마침내 나는 쪼그리고 있던 자리에서 일어나 문 앞으로 나갔다. 모두들 모여서 웅성거리느라 내가 나온 걸 보지 못했다. 기훈이의 자전거는 쓰러진 채 그대로 놓여 있었고, 그 옆에는 기훈이가 산 책이 비닐 봉투에 담긴 그대로 떨어져 있었다. 나는 그것을 집어 들었다.

『필승중학수학』, 그렇다. 내가 들고 있는 바로 이 책이다. 나는 이 책을 소중히 품에 안고 집으로 걸어갔다. 기훈이를 만나면 줄 생각을 했는지도 몰랐다. 그러면서도 나는 그때 기훈이가 죽었다고 생각했다. 숨이 조금이라도 붙어 있는 사람이라면 그렇게 벗어 놓은 옷처럼 힘없이 쓰러질 수는 없다고 생각했다. 온몸이 후들후들 떨려서 걷기가 힘들었다. 나는 집까지 가까스로 걸어갔다.

그날 밤새 기훈이 아버지가 기훈이를 찾아다녔지만 찾을 수 없었다. 다음 날은 광주로 들어오는 차를 다 막았기 때문에 기훈이 어머니는 근처의 도시에서 내려 걸어서 집으로 돌아왔다. 어머니와 아버지가 며칠 내 돌아다녀 찾아낸 것은 병원에 놓여 있는 기훈이의 시체였다. 온통 시퍼렇게 멍이 든 기훈이의 얼굴을 보는 순간 어머니는 기절을 하고 말았다. 기훈이의 시체 위에는 '박기－'라는 두 글자만 적혀 있었다. 마지막 제 이름조차 다 말하지 못한 채 숨을 거둔 것이다. 기훈이는 다른 시체들과 함께 쓰레기차에 실려 망월동 묘지에 묻혔다.

나는 죽은 기훈이를 보지 못했다. 이 모든 것들은 나중에 얘기로만 들었다. 나는 겁에 질려 집 안에서 꼼짝도 하지 못했다. 세상 사람들이 다 무서웠고, 집 밖에만 나서면 군인들이 방망이로 내리칠 것만 같았다.

기훈이가 떨어뜨리고 간 이 책을 볼 때마다 몸이 떨리고, 눈물이 쏟아졌다. 아무것도 막아 주지 못하고, 숨어 있기만 한 내 자신이 부끄러웠다. 내가 함께 나갔다면 연락병이라는 의심을 안 받았을까? 내가 같이 맞았다면 기훈이가 조금이라도 덜 맞지 않았을까? 그런 생각만이 머릿속을 맴돌았다. 결국 나는 얼마 안 남은 중학교도 다니지 못하게 되어 졸업도 못 했다. 몇 년 뒤에야 정신을 차리고 검정고시를 쳤다. 고등학교도 검정고시로 대신했다. 대학에 갈 때에야 겨우 세상에 나올 수 있었다.

따지고 보면 나를 세상에 나오게 한 것은 기훈이가 떨어뜨리고 간 바로 이 책, 『필승중학수학』이었다. 나는 기훈이가 보고 싶을 때마다 이 책을 보았다. 이 책 속의 모든 문제를 몇 번이고 풀었다. 다른 공부는 할 수가 없었다. 기훈이를 죽게 만든 그 끔찍한 인물을 위대한 지도자라고 말하는 교과서를 들여다볼 수가 없었다. 하지만 이 책에는 오직 숫자만이 있었고, 무엇인가의 답을 구하라는 명령만이 있었다. 나는 생각을 하고 싶지 않았기 때문에 시키는 대로 명령만을 따랐다. 그러다 보니 수학 문제를 푸는 일에 빠져들었고, 결국 이렇게 수학을 가르치는 사람이 되었다. 기훈이가 그렇게 처참하게 살해당하지 않았더라면 내가 수학을 좋아하는 일은 결코 없었을 거다. 그 전까지 나는 너희들이나 마찬가지로 수학이라면 인상을 찌푸리는 학생이었으니까.

아직 이야기가 조금 더 남았다.

그 뒤로 세월이 흘렀다. 기훈이 아버지는 화병으로 몇 년 뒤에 세상을 뜨고 어머니 혼자 남게 되었다. 그 세월 동안 나 역시 몇 년을 방 안에만 틀어박힌 채 학교도 안 다니던 형편이었으니 기훈이네는 찾아가지도 않았다.

사람들은 싸우고 또 싸웠다. 그 덕분에 광주사태라고 불렸던 그 일은 광주민중항쟁이 되었고, 폭도로 불리었던 사람들도 명예를 회복했다. 눈 가리고 아웅 하는 짓이었지만 광주학살의 원흉인 전 대통령이 감옥에도 잠깐 다녀왔다.

그렇지만 거리에서, 골목에서, 사람들을 때리고, 찌르고, 총을 쏴서 죽였던 수많은 군인들은 밝혀지지 않았다. 그들은 그냥 진압군이나 공수부대라고만 불리었다. 당연히 기훈이를 직접 죽인 군인들도 처벌받지 않았다. 그들은 명령을 수행했을 뿐이니까. 누구라도 그 자리에 있었다면 명령을 수행할 수밖에 없었을 테니까. 나 역시 그렇게 생각했다. 그래서 명령을 내린 사람들만 증오했지, 그 익명의 군인들은 미워하지 않았다. 그날이 오기 전까지는 말이다. 그날에 대해서만 이야기하고 내 이야기는 마치겠다. 조금만 더 참아 주기 바란다.

그 일이 있고 17년이 지난 1997년, 지금으로부터 14년 전, 망월동에 묻혀 있는 시신들을 새로 마련된 신묘역으로 옮기게 되었다. 초라한 공동묘지인 망월동 묘역에서 거창하게 꾸며 놓은 신묘역으로 기훈이의 묘도 옮기게 되었다.

그때는 너희도 이 세상에 태어났을 때다. 막 말을 배우고 아장아장 걸어 다닐 때였겠군. 그 무렵엔 나도 정상인이 되어 결혼도 하고, 수학을 가르치는 선생도 되어 있었다. 이미 광주의 비극은 지나간 옛일이었다.

그때는 기훈이네도 가끔 찾아가던 터라 그 자리에도 같이 가게 되었다. 기훈이 어머니와 나는 소풍이라도 가듯 즐겁게 망월동으로 갔다. 어쨌든 좀 더 깨끗한 자리로 기훈이를 옮겨 주는 일이었고, 그건 그 녀석의 원혼을 조금이라도 달래 주는 일이라 생각했으니까. 세월이 20년 가까이 흐른 터라 나는 까마득한 옛 친구처럼 기훈이를 떠올릴 뿐이었다. 그저 가엾은 그 어머니를 도와드린다는 생각밖에 없었다. 기훈이 어머니는 더했다. 어머니는 기훈이의 유골을 꺼내서 보는 일을 살아 있는 아들을 다시 만나는 일처럼 기대했다.

"벌써 17년인데, 우리 기훈이가 육탈이 잘 되었겄제? 살점일랑 깨끗이 다 떨구고 이쁜 뼈만 남아 있어야 할 터인데……."

"그럼요, 아주 깨끗하게 육탈이 되었을 거예요. 기훈이는 이제 빈 몸으로 나비처럼 가볍게 세상을 떠났을 겁니다."

육탈이란 우리 몸의 살이 썩어서 뼈에서 떨어져 나가는 것이다. 살이 잘 썩어서 깨끗한 뼈만 남아 있어야 좋은 거라고 했다. 세월이 그만큼 흐른 것이다. 아들의 뼈를 보는데 오히려 설렘을 느낄 만큼. 하긴 그 어머니는 하도 많이 눈물을 흘려서 그때는 흘릴 눈물도 없었을 거다. 아니, 진짜 아들은 가슴에 묻어 놓았기에 이제 아들이 남기고 간 육신을 보는 일에 그만큼 태연했는지도 몰랐다.

드디어 관이 끌어올려지고, 관 뚜껑이 열렸다.

"앗!" 관 뚜껑을 열어 제친 인부들 사이에서 먼저 비명이 쏟아져 나왔다.

얼른 관 속을 들여다본 어머니와 나는 너무 놀라 소리조차 내지 못했다.

머리 자리에 있어야 할 두개골이 보이지 않았다!

나일론이 많이 섞였던 탓인가, 기훈이에게 입혀 보낸 여름 교복은 썩지도 않고 그대로 있어서 기훈이는 마치 머리가 없는 사람처럼 보였다. 교복 바지 밖으로 다리뼈는 보이는데 머리뼈가 없는 것이었다.

인부 하나가 혀를 차며 말했다.

"해골이 다 부서져서 가루가 되었어야. 원체 금이 잔뜩 간 게벼."

그 말에 어머니가 풀썩 주저앉으며 통곡을 터뜨렸다.

그래, 어린 너희들 입에서도 그런 말이 나오는구나. 맞다. 죽일 놈들이지! 내 머릿속 어느 부분이 도끼라도 내려친 듯 깨지는 느낌이었다. 모든 것은 명령 때문이었다고, 책임자는 명령을 내린 자뿐이라고, 명령대로 한 사람들이 무슨 죄가 있냐고 정리를 내렸던 나의 모든 생각은 그 순간 산산조각이 났다. 기훈이의 머리통처럼 바스라지고 말았다. 동시에 나를 휘어감은 것은 의문이었다. 도대체 왜? 왜 이렇게까지 했단 말인가?

기훈이가 맞아 죽었다는 것은 내가 본 사실이다. 그러나 두개골이 다 부서지도록 맞았는지는 미처 몰랐다. 내가 그 헌책들 뒤로 숨어 숨소리조차 삼키고 있을 때 기훈이의 머리는 박살이 나도록 두들겨 맞은 것이다. 박살이 난 머리뼈는 머리 가죽이 싸고 있어서 간신히 지탱되고 있다가 머리 가죽이 썩어서 사라지자 금이 잔뜩 간 두개골이 부서져 나갔고, 마침내 가루가 된 것이었다. 도대체 그 어린아이를 얼마나 두들겨 팼으면 이토록 해골이 가루가 되게 만들었을까? 도대체 왜?

기훈이가 성인 남자였다면 그들이 쌓인 증오를 그렇게 풀었다고도 이해할 수 있다. 그러나 기훈이는 보기에도 너무나 작은, 교복까지 입고 있던 어린 중학생이었다. 그런 아이를 도대체 왜? 기훈이의 마지막 말도 떠올랐다. 왜 그러세요? 저는 중학생이에요. 동신중학 3학년이에요. 왜 그러세요?

나는 그들을 이해할 수 없었다. 그들은 대한민국의 정규 군인들이었다. 교도소에서 끌고 나온 연쇄살인범도 아니고, 정신병원에서 몰고 나온 정신병자도 아니었다. 그들은 나도 갔다 온 군대, 내가 갈 수도 있었을 부대의 군인이었다. 그 말은 그들이 나와 비슷한 흔하고 평범한 남자들이었다는 말이다. 그런 그들이 도대체 왜 그런 걸까? 나는 정말 알고 싶었다. 그걸 이해하지 못한다면 나는 같은 인간으로서 더 이상 살 수 없을 것만 같았다. 평범한 그들이 그렇게 변한 것이라면 그것은 내 모습일 수도 있지 않겠는가? 그때 나는 기훈이의 죽음을 목격하던 때만큼이나 혼란에 빠졌다. 도대체 그들이 왜 그랬는지 알아내야만 했다. 지난 14년 동안 나는 그 답을 찾아 헤맸다. 그러면서 나는 깨달았다.

인류가 저지르는 가장 비열하고 끔찍한 일들은 대부분 명령이라는 이름 아래 행해졌다. 명령을 내린 자는 자신의 손에 피를 묻히지 않고, 명령에 따라 움직인 자는 명령이란 방패 아래 자신의 억눌린 사악함을 다 드러낸다. 혹은 명령이란 이름 뒤로 뻔뻔스레 숨는다. 명령을 통해 그들은 공생관계가 된다.

수백만의 유대인을 가스실로 몰아넣어 죽인 것도 명령에 의해 이루어졌고, 단지 명령에 의해 스위치만을 누른 자들에게는 책임을 묻지 않았다. 수천 명의 대한민국 국민을 때리고, 찌르고, 죽인 것도 명령에 의해 이루어졌고, 단지 명령에 의해 방망이를 내리치고, 대검을 찌르고, 총을 쏜 병사들에게는 책임을 묻지 않았다. 명령이 방패가 되어 줄 때 인간은 어디까지 사악해질 수 있는 걸까?

명령을 수행했을 뿐이라는 말은 세상에 대한 면죄부는 된다. 그러나 자기 자신에 대해서는 엄연한 핑계이다. 명령을 거역하지 못했다는 것은 그 명령을 기꺼이 받아들인 것과 결과적으로 다를 게 없다.

그러나 내가 궁금한 것은 다른 누구도 아닌 기훈이를 죽인 바로 그 사람들의 심정이었다. 기훈이의 마지막 물음, 그 질문의 답을 들어야 했다. 결국 내가 내린 결론은 그들을 직접 찾아낼 수밖에 없다는 것이었다. 그 군인들을, 아니, 이제는 그냥 시민이 되었을 그 사람들을 찾아내서 물어봐야만 했다. 도대체 당신들은 그날 왜 그랬느냐고 말이다.

내가 학교를 떠나겠다고 결심한 것은 바로 그 이유 때문이다. 그 일을 해내지 못하면 나는 기훈이를 볼 면목도 없지만 선생으로서 너희들을 가르칠 수도 없다. 인간에 대한 믿음이 없는 자가 무엇을 가르치겠는가?

나는 남은 생을 그 일에 다 바칠 생각이지만 어쩌면 죽을 때까지 그들을 못 찾아낼지도 모른다. 거리에서, 골목에서 사람들을 때리고, 찌르고, 총을 쏴서 죽였던 수많은 군인들은 지금 어디서도 찾을 수 없다. 그때의 사진들을 확대경을 들고 들여다봐도 깊이 눌러쓴 군모 아래 아무것도 알아볼 수 없다. 그들은 얼굴도, 이름도 없다. 그러나 내가 누구인가. 수학 선생이다. 모든 확률을 좁혀 나가다 보면 그들을 찾는 게 꼭 불가능한 것만은 아니다.

그리고 무엇보다 자기 자신이 아는 것이다. 31년 전 5월, 어느 책방 앞에서 자전거를 타던 소년을 낚아채 죽어라 두들겨 팬 기억을 어찌 잊을 수 있겠는가?

총을 쏜 자는 자기가 누구를 죽였는지 모를 수도 있지만 진압봉과 대검으로 누군가를 죽인 사람은 모를 수가 없다. 자신의 진압봉을 통해 전해 오던 떨림을, 자신의 대검 끝에 전해 오던 묵직함을 어떻게 모를 수 있겠나?

내 남은 희망은 그것이다. 기훈이를 두개골이 바스라지도록 두들겨 팬 그 사람들을 찾아내서 그날, 왜 그랬냐고 물었을 때, 그들이 이렇게 대답해 주기를 바라는 것이다. 그때는 제정신이 아니었다고, 미쳐 있었다고, 그래서 제정신이 들어 자신이 한 짓을 알았을 때 너무나 괴로웠다고, 평생을 괴로워하며 살았다고. 나는 그런 대답을 기훈이에게 들려주고 싶다. 그들이 그렇게 말해 준다면 나는 기훈이를 대신해 그들을 용서해 줄 것이다.

그러나 그들이, 그건 명령을 수행한 것뿐이었다고, 자기는 잘못이 없다고 한다면 나는 그들을 결코 용서하지 않을 것이다. 기훈이가 당한 그대로 그들에게 하지 않으리라고 장담할 수 없다. 나는 역사적인 사명감으로 이 일을 하겠다는 게 아니다. 이것은 내 친구에 대한 나의 개인적인 의리이다. 차라리 군인들에게 환각제를 탄 술을 먹였다는 당시의 유언비어가 사실이면 좋겠다고 나는 생각한다. 제정신의 인간이 그런 짓을 한 거라면 어떻게 그들과 같은 인간의 탈을 쓰고 아무렇지 않게 살아갈 수 있겠는가.

자, 얘기는 끝났다. 선생 습관이 남았으니 결론적으로 한마디만 더 하마. 나는 너희들에게 불의의 명령을 따르지 말라고는 하지 못한다. 자신의 목숨이 걸려 있을 때 그것을 버리라는 요구는 누구도 할 수 없다. 그러나 죽음이 두려워 명령을 따른 것이라 할지라도 최소한 자신이 한 짓만은 인정하는 인간이 되기를 바란다. 명령이라는 이름 뒤로 숨어 시치미 떼는 비루한 인간만은 되지 않기를 바란다.

아, 어떻게 먹고살 거냐고? 으하하, 고맙다. 내가 먹고살 것까지 걱정해 주다니 너희야말로 나의 참제자다. 걱정 마라. 수학문제집 만드는 일을 하기로 했으니 굶어 죽지는 않을 거다. 사실 지금까지 나한테 배운 걸 다 잊어도 좋다. 인수분해든 이차방정식이든, 아니, 내가 방금 전에 말한 거창한 부탁도 잊어도 좋다.

그러나 단 한 가지만은 기억해 주기 바란다. 박기훈이라는 이름 석 자. 내 친구였지만 공수부대의 진압봉에 두드려 맞아 열여섯에 죽어 이제는 여러분의 친구가 되고 싶어 하는 그 녀석의 이름만은 말이다. 오늘 내 수업 목표가 그것이었으니까. 역사란 결국 한 사람의 이름을 사무치게 기억하는 일일 뿐일지도 모른다.

끝까지 조용히 들어주어 진심으로 고맙다. 진작 이런 태도였다면 너희들의 수학 성적은 엄청나게 좋아졌을 것이다. 졸업을 축하한다. 다들 멋진 어른으로 자라주기 바란다. 기훈이도 살아 있었다면 멋진 어른이 되었을 것이다. 오늘 수업은 여기까지다. 이상.

작가의 말

30여 년 전 이 나라에 있었던 비극은 아무리 돌이켜보아도 뼈가 시립니다. 그때 죽어간 어린 넋을 위로해 주고 싶은 마음에 자료를 뒤적이다 나는 다시금 밀려드는 분노와 슬픔을 견디기가 힘들었습니다. 이렇게 흐른 세월로도 씻어 낼 수 없을 만큼 그것은 엄청난 비극이었고, 사악한 어른들 때문에 죽어 간 어린 친구들도 너무 많았습니다.

박기현 군의 사례를 선택한 것은 박 군의 묘지 번호가 그 어린 친구들 중 가장 앞쪽에 있었던 탓도 컸지만(그만큼 어린 친구들의 죽음은 어느 것이나 더하고 덜할 것 없이 쓰라리기 짝이 없었습니다) 이상하게도 그의 사연이 가슴에 콱 박혔던 것입니다.

이 글 속에서 이름 한 글자가 바뀐 채 나오는 박기훈 학생의 모델이 바로 박기현 군입니다. 이 글은 물론 허구의 소설입니다만 박 군의 죽음에 대한 부분만은 거의 사실에서 옮겨 왔습니다. 이장할 때의 광경도 그렇습니다. 자료는『그해 오월 나는 살고 싶었다』라는 증언록에서 가져왔습니다. 머리뼈가 다 부서진 박 군은 국립5·18묘지에 묻혀 있습니다. 인적 사항은 다음과 같습니다.

이름 박기현

묘지번호 1－08

생년월일 1966년 2월 8일

직업 중학생(동신중학교 3학년)

사망일자 1980년 5월 20일

사망장소 계림극장 동문다리 부근

사망원인 뇌좌상, 두부 · 배흉부 · 전흉부 · 우완상부 다발성 타박상

지금 쓰는 '작가의 말'은 소설이 아니니, 여러분에게 새로이 부탁드립니다. 박기훈이 아닌, 박기현이란 이름 석 자를 사무치게 기억해 주십시오. 열여섯도 아닌 열다섯에 죽은 기현이는 여러분과 친구가 되고 싶어 그렇게 나한테 콱 박혔던 것인지도 모르니까요.

※ 이 작품을 제작할 수 있도록 도와주신
한국문화예술위원회와 토지문화관에 감사드립니다.

고양이는 재희를, 아홉 살의 재희를 닮아 있었다. 우리 집에 처음 온 날 거실 구석에 서서 소파 등받이만 노려보던 조그맣고 새까맣던 재희를. 적의와 독기로 포장된 얼굴 속에서 언뜻언뜻 보이던 기대와 불안, 갈망, 초조. 아홉 살의 재희가 미처 다 감추지 못한 진짜 얼굴.

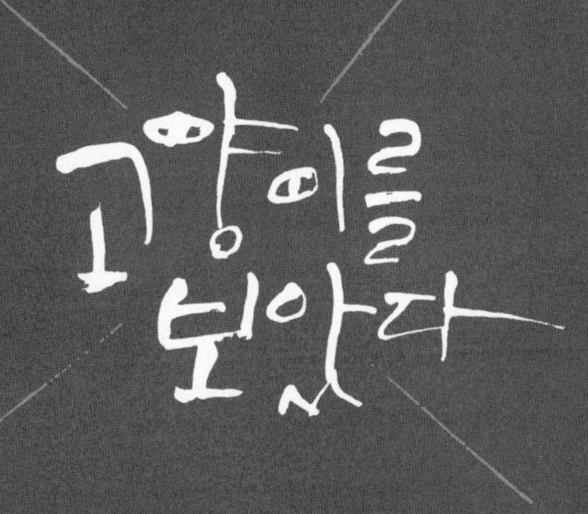

구경미

1999년 『경향신문』 신춘문예로 등단했습니다.

그동안 펴낸 책으로 소설집 『노는 인간』, 『게으름을 죽여라』,

장편소설 『미안해, 벤자민』, 『라오라오가 좋아』, 『키위새 날다』가 있습니다.

일러스트 클로이

1

"난 집에 가고 싶어."

우영이 말했다. 놀랍지는 않았다. 오히려 꽤 오래 참았다는 생각마저 들었다. 우영은 처음부터 가출할 뜻이 없었다. 순전히 재희 때문이었다. 재희가 말을 듣지 않았다. 말을 듣기는커녕 함부로 거사 계획을 발설한 나를 노려보았다.

"난 떠날 거야."

한 달 전 재희가 말했었다. 집 근처 초등학교 운동장이었다. 재희는 미끄럼틀 위에 앉아 있었다. 한 번씩 바람이 불

때마다 재희의 교복 치마가 펄럭였다. 모자와 마스크로 중무장한 아줌마들이 가끔씩 우리 쪽을 힐끔거렸다. 아줌마들은 팔꿈치를 턱까지 치켜올리며 빠른 걸음으로 운동장 트랙을 돌았다.

"넌 어떡할래?"

재희가 물었다. 그 순간 나는 방과 후 수업을 생각하고 있었다. 수업에 빠진 걸 아버지가 알게 되지는 않을까. 집에서 얘기해도 될 걸 재희는 왜 이런 시간에 나를 불러낸 걸까.

"그럼 같이 가는 거다?"

나는 대답하지 못했다. 힘으로도 말로도 나는 재희의 상대가 되지 못했다. 열여섯 살 동갑내기 이복자매 재희. 재희는 아홉 살 때 우리 집으로 왔다. 아버지가 바람 피워 낳은 자식이었다. 재희에게 피해의식이 있다면 내게는 가해의식이 있었다. 엄마의 차별이 대단했다. 엄마는 재작년에 고혈압으로 쓰러져 돌아가셨다. 아버지는 곧 재혼했다. 아버지보다 열 살이나 어린 새엄마는 재희와 나를 좋아하지 않았다. 그나마 나는 나은 편이었다. 재희는 그림자 취급을 받았다. 새엄마는 내게만 방과 후 수업비를 주었다. 아버지는 알고도 모른 척했다. 엄마가 돌아가셨어도 재희와 나 사이의 차별은 존재했다. 나는 새엄마가 얼른 아기를 낳기만 기다렸다. 그래야 재희와 똑같이 차별받을 수 있었다.

"언제 떠나?"

나는 간신히 그렇게 물었다. 내가 앉은 시소 위로 개미 한 마리가 다가오고 있었다. 제발 내게로 오지 마, 마음속으로 빌었다.

"내일."

재희가 미끄럼틀에서 훌쩍 뛰어내렸다. 멀어지는 재희의 뒷모습을 바라보았다. 짧은 머리카락이 바람에 밀려 일어서고 있었다. 아홉 살의 재희는 머리가 길었다. 우리 집에 온 뒤로는 긴 머리를 본 적이 없었다. 엄마는 재희의 머리가 조금만 길어도 미용실에 데려가 싹둑 잘라 버렸다. 엄마가 아침마다 내 머리를 묶어 줄 때 재희는 문밖에 서서 나를 기다렸다.

개미가 점점 내 쪽으로 다가오고 있었다. 시소에서 일어났다. 내 그림자를 밟으며 운동장을 걸었다. 교문 앞에 서서 망설였다. 우영이가 해낼 수 있을까. 하지만 다른 선택은 있을 수 없었다. 우영이가 다니는 학원으로 걷기 시작했다.

"이제 그만 돌아가자."

우영이 말했다. 나는 안절부절못하며 재희와 우영을 번갈아 쳐다보았다. 산 중턱에 자리한 체력단련장이었다. 어른들이 나타나 다 늦은 저녁에 여기서 뭐하냐고 호통칠까 봐 두려웠다. 나무 벤치에서 벌떡 일어서며 우영이 소리쳤다.

"이제 그만 집에 가자고! 넌 이렇게 사는 게 좋아?"

"이 철봉 좀 이상하지 않아? 넓은 땅 놔두고 왜 벼랑 끝에 서 있는 걸까?"

재희가 말했다.

"그게 뭐 어때서?"

우영의 목소리는 퉁명스러웠다

"마치 꼭 내 철봉에 매달리기만 해 봐, 벼랑 아래로 떨어뜨려 줄 테다, 말하는 것 같잖아. 사실은 좀 전에 나도 아무 생각 없이 매달렸다가 떨어질 뻔했거든."

우영은 대답 없이 두 손을 바지 주머니에 찔러 넣은 채 발끝으로 돌멩이며 나무뿌리를 걷어찼다. 어느새 재희는 벤치에 누워 역기를 들기 위해 끙끙거리고 있었다. 녹슨 역기는 꼼짝도 하지 않았다.

"나도 할 만큼 했어. 난 집에 갈 거야. 엄마 아빠도 보고 싶고…… 너 때문에 내 인생을 몽땅 망칠 수는 없어."

우영은 발길질을 멈추고 재희의 대답을 기다렸다. 날은 점점 어두워지고 있었다. 체력단련장 어디에도 가로등은 없었다. 재희는 끝내 아무런 대답을 주지 않았다. 한숨을 쉬고 고개를 절레절레 흔들던 우영은 나와 재희를 남겨두고 먼저 산을 내려가기 시작했다. 다급해진 나는 재희를 쳐다보았다. 재희는 태평했다. 벤치에 누워 움직이지 않는 역기를 들기 위해 용을 쓰고 있었다. 시야에서 사라질 때까지 우영은 한 번도 뒤돌아보지 않았다.

2

손가락에 건 열쇠를 빙글빙글 돌리며 탈의실을 한 바퀴 돌았다. 열린 물품보관함은 모두 여섯, 그중에 주인 없는 것이 다섯. 주인들은 모두 거울 앞에 서서 머리를 말리거나 화장품을 바르고 있었다. 나머지 한 사람도 옷을 갈아입느라 주위는 신경 쓰지 않았다. 게다가 열린 물품보관함 문이 여자의 시선을 적당히 가려주고 있었다. 나는 화장대가 잘 보이는 곳으로 자리를 옮겼다. 오케이 사인을 보내기도 전에 재희는 나를 지나 물품보관함이 늘어선 곳으로 스미듯 들어갔다. 재희는 손이 빨랐다. 예전에도 종종 아버지나 엄마의 지갑에 손을 대고는 했다. 일러바칠 테면 일러 봐. 위악에 찬 표정으로 재희가 고백하기 전에 나는 이미 그것을 알고 있었다. 집 밖에서의 재희는 항상 나보다 풍족했다.

재희가 탈의실을 나간 뒤에야 나는 깊은 숨을 내쉬며 가슴을 쓸어내렸다. 주인들이 돌아오기 전에 얼른 뒤따라 나갔다.

"오늘은 별로야."

재희가 말했다. 재희는 남자 탈의실 쪽을 쳐다보고 있었다. 평소 남자 탈의실은 우영의 담당이었는데 오늘 우영은 아프다는 핑계를 대고 함께 나오지 않았다.

"넌 여기 있어."

재희가 모자를 눌러쓰며 말했다. 나는 재희의 팔을 잡았다. 그리고 말없이 고개를 저었다. 짧은 머리카락 때문에 때때로 남자아이로 오해받곤 하는 재희였다. 그렇더라도 이건 너무 위험했다. 눈이라도 마주친다면. 여자라는 걸 들키기라도 한다면. 모자 하나로 숨기기에는 16년 재희의 인생이 너무 길었다. 나는 재희의 팔을 잡고 놓아 주지 않았다. 잠시 인상을 쓰던 재희가 결국 실소를 머금더니 할 수 없다는 듯 모자를 벗었다.

모텔로 돌아가자 방에는 우영뿐 상우 패거리는 보이지 않았다. 오늘은 작업을 나가지 않을 거라고 했었다. 벌써 열 시가 넘은 시각이었다. 이 시간에 방에 없다는 건 역시 작업을 나갔다는 뜻이었다. 일단 나간 이상 자정 전에는 돌아오지 않을 터였다. 상우 패거리의 귀가시간은 점점 늦어지고 있었다.

"칫, 아프다더니 잠만 잘 자네. 애들은 언제 나갔어?"

텔레비전을 켜며 재희가 물었다. 그제야 우영은 이불을 걷고 일어나 앉았다. 눈이 퉁퉁 부어 있었다. 우영의 입에서 나온 첫마디가 가관이었다.

"배고파."

"밥 안 먹었어? 뭐라도 사다 먹지."

"일하지 않는 자 먹지도 말라더라. 하루 종일 굶었어."

"상우 새끼지?"

그렇게 묻는 재희의 눈가가 파르르 떨렸다. 가출 사흘째 되는 날 인터넷 채팅으로 만난 아이들이었다. 하루 3만 원 모텔비도 내지 못해 쩔쩔맬 때 재희가 말했다. 다 방법이 있어. 인터넷에 가출팸이라고 치자 수십 개의 사이트가 떴다. 그중에서 우리는 열여섯 살 동갑내기 세 명을 골라 쪽지를 보냈다. 무엇보다 인원수가 중요했다. 우리보다 많으면 안 돼. 재희가 말했다. 곧장 답장이 날아왔고 그날 오후 우리는 피시방에서 만났다. 상우와 기찬, 그리고 은주였다. 질이 나빠 보여. 우영이 반대했지만 재희의 결정에는 아무런 영향을 미치지 못했다. 잘해 보자. 세 아이들을 향해 재희가 말했다. 그날부터 우리는 조금 더 큰 방으로 옮겨 함께 살기 시작했다.

상우는 가출 경험이 많았다. 이번이 벌써 세 번째라고 했다. 그래서인지 아는 것도 많고 눈치도 빨랐다. 4만 원짜리

방에서 여섯 명이 살 수 있게 된 것도 모텔 주인을 구워삶은 상우 덕이었다. 찜질방 작업 역시 상우가 가르쳐준 것이었다. 우리가 찜질방을 돌 때 상우 패거리는 하루 종일 방에서 뒹굴다 해가 져서야 모텔을 나섰다.

"누구한텐 밤이 잠자는 시간일 뿐이지만 나한텐 아니지. 밤은 곧 돈이야."

상우는 돈을 위해서라면 폭력도 마다하지 않았다. 자그마한 주먹이 돌처럼 단단했다. 희생자는 주로 취객이거나 여자들이었다. 노인도 있었다. 가끔은 정신 멀쩡한 남자 어른의 지갑을 슬쩍하는 경우도 있었다. 상우는 한 시간 동안 쉬지 않고 달려도 지치지 않는 심장을 가지고 있었다. 상우가 그렇게 주먹을 쓰거나 달리는 동안 은주는 망을 보았고, 기찬은 다음 작업 대상을 물색했다.

찜질방과 밤거리로 각각 따로 작업을 나가다 보니 자연스럽게 패밀리 속의 작은 패밀리, 재희팸과 상우팸으로 나뉘게 되었다. 처음에는 힘의 균형이 맞았다. 하지만 상우 패거리의 수입이 우리의 몇 배로 많아지면서 자연 발언권도 더 세졌다. 우리는 우리 목소리를 내지 못했다. 불만이 있어도 대개는 참고 넘어갔다. 함께 살기 시작한 지 며칠 지나지 않아 우영은 상우 패거리의 잔심부름꾼으로 전락했고, 나는 청소와 설거지를 도맡아 하는 파출부 신세가 됐다. 재희는 모르는 척, 혹은 못 본 척했다.

"라면이라도 끓여 먹지."

재희의 목소리는 어느새 평소의 뚝뚝함으로 돌아와 있었다. 눈가도 더 이상 떨리지 않았다.

"나는 뭐 자존심도 없냐."

우영은 다시 이불을 뒤집어쓰고 누웠다. 나는 시계를 보았다. 열 시 이십 분. 카운터를 지키는 주인아주머니가 한참 드라마에 빠져 있을 시간이었다. 그래도 혹시 몰라 문 앞에 서서 귀를 기울였다. 발소리는 들리지 않았다. 아주머니는 종종 우리가 귀가하면 몇 분 뒤 우리 방을 덮치고는 했다. 취사 여부를 확인하기 위해서였다. 왜요? 우리가 순진한 얼굴로 물으면 아주머니는 불은 안 돼, 한마디 하고는 머쓱한 얼굴로 내려갔다. 우리가 생각보다 더 아주머니의 생활 패턴이나 꼼수를 훤히 꿰고 있다는 걸 아주머니만 몰랐다.

이불장에서 냄비와 버너를 꺼냈다. 화장대 서랍에서 수저와 라면도 꺼냈다. 물을 올리고 창문을 열었다. 보글보글 소리를 내며 라면이 끓자 우영이 슬그머니 일어나 앉았다. 라면 네 개는 우영의 첫 식사이자 재희와 나의 저녁이었다. 우리는 버너를 중심으로 둘러앉아 얼굴을 맞대고 라면을 먹었다. 머리 세 개가 허공에서 부딪치기도 하고 아슬아슬하게 비껴가기도 했다.

"자존심도 없냐던 놈이 제일 잘 처먹는다."

재희의 농담에 나는 하마터면 냄비에다 라면을 뿜을 뻔했다. 웁, 하며 손으로 입을 막는데 재희가 젓가락을 던지며 말했다.

"더러워서 못 먹겠다. 니들 다 처먹어라."

나도 젓가락을 내려놓았다. 우영의 얼굴이 냄비 속에 반이나 들어가 있었다. 집에 있을 때 우영은 라면을 먹지 않았었다. 부모님이 먹지 못하게 했다. 라면뿐만 아니라 길거리에서 파는 어묵도 떡볶이도 금지당했다. 우영은 늘 엄마가 만든 간식을 먹었다. 재희가 우리 집으로 오기 전 나는 자주 우영의 집으로 놀러 갔다. 친절하고 건강한 엄마가 있고 그 엄마가 만든 간식이 있는 우영의 집이 좋았다. 재희가 우리 집으로 온 뒤 나는 우영의 집으로 놀러 가지 못했다. 어느새 나와 재희를 포함한 우리 가족 모두가 우영의 금지 목록에 올라가 있었다. 대신 우영은 가끔 학원을 빼먹고 우리와 함께 놀았다. 우영의 그런 용기가 재희 때문이라는 걸 머잖아 알았지만 섭섭하지는 않았다. 세상이 조금은 공평하다는 생각이 들었다.

"집에 간다더니 왜 안 갔냐?"

냄비에 얼굴을 파묻고 있는 우영을 향해 재희가 물었다.

"너 데리고 가야지."

우영의 목소리가 냄비 안에서 웅얼웅얼 울렸다.

3

자는 줄 알았던 남자가 벌떡 몸을 일으키더니 재희의 손목을 움켜잡았다.

"너 맞지?"

남자가 물었다. 재희는 손목을 비틀었다. 남자의 억센 손아귀가 재희의 손목을 더 세게 틀어쥐었다.

"보석사우나, 24시사우나 다 너 맞지?"

"아니에요!"

"수건 벗어 봐."

중앙 홀 기둥 뒤에 몸을 숨긴 나는 조마조마한 심정으로 재희를 지켜보았다. 입을 꾹 다문 재희, 손목을 잡힌 재희는 남자를 마주 노려보기만 했다. 남자가 재희의 머리에 씌워져 있던 수건을 확 잡아당겼다. 만 원짜리 지폐 몇 장과 신용카드, 반지 서너 개가 바닥으로 떨어졌다. 프라이팬만 한 남자의 손바닥이 재희의 뺨을 휘갈겼다. 돌아가시기 전까지 엄마는 걸핏하면 프라이팬으로 재희의 등짝을 때렸다. 얼른 대답하지 않는다고 딱, 빨리 뛰어오지 않는다고 딱딱, 심부름을 잘못했다고 딱딱딱. 프라이팬이 재희의 등짝에 닿을 때마다 딱, 하는 둔탁한 소리가 났다. 스테인리스 강철이 뼈에 부딪히며 내는 소리. 그때마다 나는 거실 소파에 숨죽이고 앉아 그 장면을 지켜보았다. 엄마 그만해. 수없이 외쳤지만 내 입에서 나가는 것은 아무것도 없었다.

"아니긴 뭐가 아냐! 너 맞잖아!"

다시 남자의 손바닥이 재희의 뺨을 휘갈겼다. 빨갛게 부어오른 얼굴로 재희가 남자를 노려보았다.

"어, 이년 눈깔 봐라! 어린 년이 어디서 어른한테!"

다시 재희의 뺨을 휘갈기는 손바닥. 분홍색 파란색 찜질옷을 입은 사람들이 재희와 남자 주위로 몰려들고 있었다. 어느새 카운터를 보던 주인여자까지 달려왔다.

"여보, 빨리 경찰 불러. 이참에 찜질방 소매치기 연놈들 싹 뿌리를 뽑을 거야."

허둥지둥 휴대폰을 꺼내는 주인여자를 향해 재희가 소리쳤다.

"아니에요!"

그 순간 남자의 손바닥이 재희의 양쪽 뺨을 연속으로 휘갈겼다. 재희가 쓰러지자 남자는 재희의 멱살을 잡아 억지로 일으켜 세웠다. 프라이팬을 맞은 재희가 휘청거릴 때마다 엄마는 한심하다는 눈빛으로 재희를 쳐다보고는 했다.

간신히 중심을 잡은 재희가 고개를 숙이면 엄마는 프라이팬을 싱크대에 던지고 부엌을 나갔다. 그때에라도 나는 재희에게 다가가 엄마 대신 사과해야 했지만 내 몸은 소파 위에 껌처럼 붙어 꼼짝도 하지 않았다. 부엌까지의 거리가 영원히 닿을 수 없는 곳처럼 아득하게만 느껴졌다.

나는 입술을 짓씹었다. 그때도 하지 못했고 지금도 하지 못하고 있었다. 정작 한심한 사람은 바로 나였다. 재희가 저렇게 맞고 있는데, 사람들의 비난을 온몸으로 받고 있는데 나는 고작 기둥 뒤에 숨어 지켜보기나 하고 있었다. 제발 소현아. 제발 움직여. 주먹 쥔 손을 이로 물어뜯었다. 그때 어떤 생각 하나가 떠올랐다. 토굴처럼 생긴 불가마로 달려갔다. 역시 있었다. 집게로 양동이에다 뜨거운 숯을 담기 시작했다. 마음이 급했다. 경찰이 오기 전에. 제발 소현아. 단 한 번만이라도 재빠르게 움직여.

양동이를 들고 뛰었다. 뛰면서 있는 힘껏 비명을 질렀고 뒤이어 소리쳤다. 비켜요! 둥그렇게 원을 만들었던 사람들이 돌아보았다. 짧고 낮은 비명 소리와 함께 원 한쪽이 무너졌다. 길이 트였다. 놀란 얼굴의 재희가 보였고, 아직 상황 파악이 안 된 듯 어리둥절해 하는 남자도 보였다.

"그 애 놔 줘요!"

사람들이 사방으로 흩어졌다. 주인여자마저 겁먹은 얼굴

로 뒤로 물러섰다. 여전히 상황 파악을 못 한 사람은 남자뿐이었다. 마음이 급했다. 남자가 정신을 차리기 전에 얼른 끝내야 했다. 제발 소현아. 재희를 위해 한 번만이라도 독하게 굴어 봐. 나는 엄마를 떠올렸다. 엄마의 신경질적인 목소리가 아직도 귀에 쟁쟁했다. 금방이라도 무슨 일을 저지를 것 같은 불길한 목소리. 나는 그 엄마의 딸이었다. 나는 그 엄마의 딸이다. 나는 우리 엄마의 딸이야. 내가 악을 썼다.

"어서요! 안 그러면 이 숯, 아저씨 얼굴에다 뿌릴 거예요! 여기 연기 보이죠? 지금 막 불가마에서 갖고 온 거예요. 어서 그 애 놔 줘요!"

남자가 질린 얼굴로 재희의 손목을 놓았다.

"재희야, 이리 와."

재희가 내 쪽으로 달려왔다. 그 순간 남자가 움직였다. 두 손을 펼친 채 나를 잡기 위해 서서히 다가오는 남자가 보였다. 눈앞이 노래졌다. 아무것도 생각할 수 없었다. 몇 발짝 앞까지 남자가 다가왔을 때 나는 양동이를 던졌다. 100℃의 불가마에서 나온 숯이 사방으로 튀었다. 비명 소리와 열기, 타는 냄새, 고함 소리. 재희가 내 손을 잡고 달리기 시작했다. 계단을 오르고 일층 홀을 지나 그대로 출입문으로 돌진했다. 12월의 차가운 바람이 맨살을 할퀴고 지나갔다. 양말도 신발도 신지 않은 맨발이 얼어붙은 보도블록 위에서 통통 튀었다. 찜질방 쪽으로 달려가는 경찰차가 보였다. 우리는 큰길을 버리고 좁은 골목길을 택했다. 꺾어지고 또 꺾어지는 수없이 많은 골목길을 심장이 터지도록 달렸다.

"그 엄마에 그 딸 아니랄까 봐."

앞서 걷던 재희가 툭 내뱉었다. 웅크리고 있어서인지 등의 뼈들이 고스란히 드러났다. 살을 뚫고 나올 것만 같은 어깻죽지, 일렬로 늘어선 작고 가느다란 척추뼈, 옆으로 뻗은 갈비뼈까지. 힐끗 뒤를 돌아보며 재희가 말했다.

"그 찜질방 주인 오늘 혼 좀 났을 거다."

"가만있지 왜 아니라고 했어? 괜히 더 맞았잖아."

두 팔로 몸을 싸안고 있어도 떨림은 멈추지 않았다. 팔에는 오소소 닭살이 돋았다. 자꾸만 걸음이 느려졌다. 얼른 모텔방으로 돌아가고 싶은 마음밖에 없었다. 추위도 추위지만 흘끔거리는 사람들의 시선이 더 두려웠다. 누군가 분홍색 찜질옷을 입은 우리를 보고 경찰에 신고할 것만 같았다.

"보석사우나는 맞지만 24시사우나는 우리 아니니까."

재희가 걸음을 멈추고 나를 기다려 주었다. 빨리 걷고 싶은데 걸음이 잘 걸어지지 않았다.

"너 발 다쳤어?"

재희가 물었다. 나도 모르게 절뚝거리고 있었나 보았다. 하지만 발을 다친 기억은 없었다. 재희가 쭈그려 앉더니 내

발을 살폈다. 담 너머 창에서 흘러나온 빛이 간신히 내 발에 닿았다.

"야! 너 발등에 화상 입었잖아!"

재희가 버럭 화를 냈다. 몰랐어, 그 말을 하는데 몸이 떨려 목소리가 제대로 나오지 않았다.

"업혀."

재희가 돌아앉더니 등을 내밀었다. 뼈들이 고스란히 드러나 있는 재희의 등을 내려다보다 가만히 고개를 저었다. 열 세 살 즈음에 머물러 있는 재희의 몸에 열여섯 살 내 몸을 얹을 수는 없었다. 업히라니까! 재희가 버럭 소리를 질렀다.

"이 멍청아, 너 위해서 이러는 거 아니니까 얼른 업혀. 네 온기 좀 빌리려고 그런다. 추워서 얼어 죽겠단 말이야. 방에만 도착해 봐, 확 던져 버릴 테니까."

더 버틸 수가 없었다. 계속 지체하다간 정말 둘 다 얼어 죽을지도 모른다는 생각이 들었다. 재희의 등에 조심스럽게 내 몸을 내려놓았다. 조금 후에는 재희의 어깨에 머리를 기댄 채 잠이 들었다. 재희의 숨소리와 규칙적인 흔들림이 하루 종일 긴장하고 있던 정신을 풀어 놓았다.

4

생각보다 화상 정도가 심각했다. 양쪽 발등 모두 좀처럼 붉은 기가 가시지 않았다. 쓰라리고 아프고 화끈거리고, 그리고 무엇보다 무서웠다. 발등의 상처는 마치 범죄의 낙인처럼 보였다. 평생 이 낙인을 지고 가는 건 아닐까. 평생 사람들의 시선을 피해 살아야 하는 건 아닐까.

"저 바보가 지 발등에 숯 떨어지는 줄도 몰랐다는 거 아냐."

재희는 미안한 마음을 그렇게 비아냥거림으로 승화시키고 있었다. 이틀이 지났지만 재희의 얼굴도 여전히 부어 있었다.

"다 나 때문이야. 내가 그 자리에 있기만 했어도…… 너희들한테 정말 미안하다."

함께 작업을 나가지 않은 우영은, 난 이제 그딴 짓 안 할 거야, 선언했던 우영은 내내 죄인의 얼굴을 하고 있었다. 그 얼굴로, 속죄라도 하듯, 수시로 얼음주머니를 만들어 재희의 얼굴에 올려놓았다. 그러는 틈틈이 내 발에다 부채질을 했다. 우리가 할 수 있는 치료는 그것뿐이었다. 병원에 갈 엄두는 나지 않았다. 병원비도 문제였지만 그보다는 경찰이 나타나 네가 범인이지, 할까 봐 겁이 났다. 집으로 돌아가고 싶었다. 무신경한 아버지와 차가운 새엄마가 있을 뿐인 집이지만 이제는 모텔방도 찜질방 작업도 다 두려웠다. 조용한 내 방에서 잠을 자고 학교와 집만 왔다 갔다 하며 그림자처럼 살고 싶었다. 나 스스로 그림자가 되어 재희와 함께 두 개의 그림자로 살고 싶었다.

재희를 바라보았다. 우영을 보았다. 내가 말했다.

"집에 가고 싶어."

재희가 흘끗 나를 돌아보았다. 우영도 나를 보았다. 대꾸하는 사람은 없었다. 나는 다시 한 번 말했다.

"집에 가고 싶어. 진심이야."

"누가 잡냐? 가고 싶으면 가. 어차피 넌 이 세계에 어울리지도 않았어."

돌아누운 채 재희가 말했다. 나는 마음을 다잡았다.

"혼자는 안 가."

"잘난 척하지 말고 이것만 알아 둬. 난 너희들하고 달라. 내겐 돌아갈 집이 없어."

재희의 우울한 목소리에 나는 할 말을 잃었다. 처음으로, 빨리 어른이 되고 싶다는 생각을 했다. 아버지에게 맞설 수 있는, 아니 아버지로부터 그리고 집으로부터 독립할 수 있는 힘을 갖고 싶다는 생각을. 잠시 잊고 있던 발등의 통증이 되살아났다.

그날 밤이었다. 작업에서 돌아온 상우 패거리가 자고 있는 우리를 깨웠다. 자정이 넘은 시각이었다. 우리는 마치 일전을 앞둔 두 진영의 군사들처럼 일렬로 마주 보고 앉았다. 상우가 입을 열었다.

"너희들도 이제 밥값 좀 해야지? 언제까지 놀고먹을 수는 없잖아. 난 자선사업가가 아니라고."

상우의 한쪽 입꼬리에 보기만 해도 섬뜩한 비웃음이 매달려 있었다. 어느새 상우의 애인이 된 은주가 우린 자선사업가가 아니지, 맞장구쳤다. 재희의 보랏빛 뺨이 실룩거렸다. 화가 났다는 뜻이었다. 초등학교에 다닐 무렵, 아이들 사이에서 억울한 일을 당할 때면 어김없이 재희의 뺨이 실룩거렸었다. 목소리는 더 낮아졌다. 그래서 아무도 재희가 화가 났다는 걸 알지 못했다. 상대는 방심하고 있다가 재희의 박치기에 당하거나 얼굴에 고랑이 파이곤 했다.

"그동안 번 돈 너한테 다 넘겼잖아. 며칠 놀고먹을 정도는 된다고 생각하는데?"

재희가 말했다. 상우의 입꼬리에 매달린 비웃음이 한층 깊어졌다. 의도적인 듯 잠시 뜸을 들였다가 상우가 말했다.

"그게 얼마나 된다고 생각해?"

"그럼 팸에서 탈퇴하는 수밖에. 우린 내일 나갈 거야."

재희의 폭탄선언이었다. 아니다. 상우 패거리에게는 폭탄

선언이었지만 나와 우영에게는 기다리고 기다리던 말이었다. 하지만 예상과 달리 상우도, 기찬도, 은주도 전혀 동요하지 않았다.

"지금까지 공짜 밥 먹은 거 다 내놓고 가. 아, 공짜 잠도 잤지 참."

"우린 거의 라면만 먹었어."

우영이 항변했다. 그 순간 나는 아버지를 생각하고 있었다. 아무리 무심한 아버지라도 도움을 청한다면 외면하지는 않을 거라고 생각했다. 혼날 각오는 되어 있었다. 내가 그런 뜻을 말하자 상우는 고개를 저으며 혀를 찼다.

"너희들이라면 그 말을 믿겠냐? 고자질 안 하면 다행이지."

우영까지 나서서 밥값의 몇 배를 보내주겠다고 해도 소용없었다. 눈앞이 캄캄했다. 깊이를 알 수 없는 수렁 속으로 빠져드는 기분이었다. 다시는 남의 물건을 훔치고 싶지 않았다. 게다가 내 발등의 상처도 재희의 얼굴도 아직 다 낫지 않았다. 이런 마당에 무슨 수로 돈을 버나.

"몸."

상우가 말했다. 몸? 어리둥절했다. 선심 쓰듯 상우가 이어 말했다.

"꼰대는 내가 알아봐 줄 수 있어."

상우에게 달려드는 우영을 재희가 잡았다. 재희가 말했다.

“내가 할게. 이 애들은 집에 보내줘.”

“너 말고. 여기.”

상우가 턱짓으로 나를 가리켰다.

5

이 주일 뒤로 날이 잡혔다. 발등의 상처 덕분이었다. 미래의 물주로 부상하면서 나는 하루아침에 파출부에서 신데렐라로 신분 상승했다. 누구도 내게 청소나 설거지를 시키지 않았다. 상우는 약을 사 주고 옷을 사 주고 화장품을 사 주었다. 취객을 대상으로 하는 작업은 이제 기찬과 은주가 전담하고 있었다. 상우는 나만 담당했다. 상우는 새로운 영역을 개척하고 있었다. 나는 상우의 장사 밑천이었다. 내가 하던 일은 재희가 했다. 재희는 라면을 끓이고 설거지를 하고 청소를 했다. 심부름도 했다. 담배 사 와, 은주가 말하면 군말 없이 밖으로 나갔다. 야 만두 없어? 기찬이 물으면 지체 없이 근처 편의점으로 가 만두를 사 왔다. 마치 늘 그래 왔다는 듯, 마땅히 해야 할 일이라는 듯 담담한 얼굴이었다. 재희가 심부름을 갈 때마다 우영은 피투성이 얼굴로 은주를, 때로는 기찬을, 혹은 상우를 노려보았다. 내가 신데렐라로 비상한 그날, 우영은 샌드백이 되었다. 우영은 매일 얻어맞았다. 푸른 멍이 가시기도 전에 그 위에 새로운 멍이 덧입혀졌다. 인간 개조 프로젝트라고 했다. 넌 좀 고분고분해질 필요가 있어. 주먹을 휘두를 때마다 상우가 말했다.

“걱정 마. 우린 도망갈 거야.”

며칠 전 우리 셋만 있을 때 재희가 말했다. 나는 재희를 믿었다. 재희는 자기가 한 말에 책임을 지는 아이였다. 어릴 때부터 재희는 복수할 거야, 말하면 반드시 복수를 했고, 가만 안 둘 거야, 다짐하면 반드시 가만두지 않았다. 나는 재희를 믿었다. 사실 믿을 사람은 재희밖에 없었다. 내가 기댈 곳도 재희뿐이었다. 하지만 속절없이 시간만 흘러가고 있었다. 도망가야 하는 우리는 사흘이 지나고 나흘이 지나도 도망가지 못하고 있었다. 나는 점점 초조해졌다. 재희는 왜 자기가 한 말을 지키지 않는가. 철수 머리는 잘도 깠으면서, 영희 돈은 잘도 훔쳤으면서. 그럴 리 없다고 생각하면서도 재희가 심부름을 위해 모텔 밖으로 나갈 때마다 불안했다. 나를 두고 혼자 도망가 버릴까 봐 두려웠다.

상우는 오는 토요일 밤 열 시를 디데이로 잡았다. 고객은 이미 확보돼 있었다. 토요일 밤뿐만 아니라 일주일 치 고객이 이미 정해져 있었다. 고객은 넘쳐났다. 상우의 수첩에는 고객들의 이름과 전화번호가 빼곡하게 적혀 있었다. 새로운 사업을 위해 상우는 핸드폰까지 장만했다. 그 후 손에서 핸드폰을 놓지 않았고 수시로 누군가와 통화를 했다.

밤이 되어도 잠이 오지 않았다. 도망갈 거라던 재희는 밤마다 죽은 듯이 잠만 잤다. 진작 집으로 돌아가지 못한 것을 후회했다. 아니, 재희를 따라 가출한 것을 후회했다. 후회해도 소용없다는 것이 더욱 절망스러웠다. 밤마다 절망했다. 아침이면 간신히 희망의 빛을 되살려 냈다. 하지만 밤이면 다시 절망했다. 출구는 없는가. 하도 물어뜯어서 손톱이 다 없어질 지경이었다.

매일 산으로 갔다. 모텔 뒤쪽의, 재희 우영과 함께 찾곤 하던 그 산이었다. 몇 발짝 떨어져서 상우가 따라왔다. 보기 좋은 떡이 먹기도 좋은 법이지. 상우의 말이었다. 나는 보기 좋은 떡이 되기 위해 매일 산을 올랐다. 산을 오를 때마다 번민에 휩싸였다. 이대로 도망가 버릴까. 산은 낮았지만 대신 능선이 여러 갈래로 뻗어 있었다. 경기도로, 혹은 서울의 다른 동네로 갈 수 있다고 정상의 이정표가 알려주고 있었다. 하지만 번민의 결과는 늘 같았다. 나는 시도해 보기도 전에 포기했다. 재희나 우영을 위해서라고 말하면 좋겠지만 그건 사실이 아니었다. 발등의 상처 때문이었고, 상우에게 곧 잡힐 거라는 예감 때문이었다.

어느 날 산에서 내려오다 잿빛 털을 가진 아기 고양이를 보았다. 등산로 바로 옆이었다. 누런 낙엽 위에 앉은 고양이가 등산로를 따라 내려오는 나를 계속 지켜보았다. 점점 거리가 가까워지는데도 도망가지 않았다. 사람이 키우는 고양이구나, 생각했다. 달리듯 내려가 고양이에게 다가갔다. 하지만 눈이 마주치는 순간 나는 멈칫했다. 소름이 돋았다. 오른쪽 눈동자가 우유를 쏟아놓은 듯 뿌옜다. 탁한 구슬 같았다. 나는 고개를 돌렸다가 다시 고양이를 보았다. 병에 걸렸구나. 주위를 둘러보았다. 사람이라고는 하나도 없었다. 네 엄마는 어디 갔니? 물었지만 당연히 대답을 들을 수는 없었다. 벌써 어둠이 내리고 있었다. 조금 뒤면 산 전체가 캄캄해질 터였다. 그런데도 고양이는 등산로 옆에 앉아 꼼짝하지 않았다. 집으로 가라는 뜻으로 손짓도 해 보고 발짓도 해봤지만 소용없었다.

"주인이 아마 여기서 기다리라고 했을 거야."

한 걸음 뒤에 선 상우가 말했다.

"왜?"

"다른 사람에게 발견되길 바란 거지."

"왜?"

나는 또 바보같이 같은 물음을 던지고 있었다.

"자신이 버리긴 했지만 죽기를 바란 건 아니니까. 걔 눈을 보고도 모르겠냐."

고양이는 주인 말 안 듣는다던데 왜……, 나는 고작 그렇게 중얼거릴 수밖에 없었다.

"안 그런 고양이도 있어. 내가 어릴 때 키우던 고양이는…… 됐다. 얼른 가자."

"데려가고 싶어. 여기 있으면 죽을 거야."

어디서 그런 용기가 났는지 모르겠다. 상우를 돌아보았다. 아직 새끼 고양이잖아. 애원조로 말했다. 상우는 대답이 없다가 한참 만에야 맘대로, 퉁명스럽게 내뱉었다. 나는 쪼그려 앉아 새끼 고양이를 향해 두 손을 내밀었다. 그 순간 고양이가 날카로운 이빨을 드러내며 가르랑거렸다. 전혀 예상치 못한 반응이었다. 잠시 망설이다 이번에는 고양이 울음소리를 냈다. 그러면서 미소를 지었다. 난 네 친구가 되고 싶은 거야, 속삭였다. 제발 내 마음을 알아줬으면 싶었다. 다시 한 번 손을 내밀어 보았다. 새끼 고양이가 앞발을 쳐들더니 내 손등을 할퀴려 들었다. 너무 놀라 엉덩방아를 찧었다. 그제야 줄곧 나를 지켜보던 시선이 단순한 경계가 아니라 적의였다는 것을 알았다. 절망에서 비롯된 적의. 그리고 자포. 낯선 것에 대한 두려움. 그러면서도 주인이 돌아올지 모른다는 기대. 고양이의 표정, 눈빛에서 나는 그런 모순된 감정들을 읽었다. 결코 나를 따라가지 않으리라는 것도.

산을 다 내려와서도 고양이의 눈빛이 머릿속에서 떠나지 않았다. 그 표정, 그 눈빛이 낯설지 않았다. 어디선가 본 것 같았다. 누군가를 닮은 것 같았다. 하지만 어디서? 누구를? 나는 세차게 머리를 흔들었다. 세면대에 물을 받아 놓고 숨이 가쁠 때까지 얼굴을 담갔다. 고양이 따위나 생각하고 있을 때가 아니라는 자책이 들었다. 일생일대의 재앙이, 앞으로 남은 내 인생을 송두리째 진창으로 빠뜨릴 거대한 음모가 한 발 한 발 나를 향해 다가오는 중이었다.

6

꿈인가. 누군가 가만가만 내 몸을 흔들고 있었다. 봄날의 산들바람 같은. 꿈이겠지. 조금 후에는 은근한 악력으로 내 어깨를 잡는 손길이 느껴졌다. 꿈이 아니구나 생각과 동시에 눈이 번쩍 떠졌다. 덜컥 겁이 났다. 설마. 토요일까지는 아직 이틀이나 남았는데. 처음에는 아무것도 보이지 않았다. 어둠 속에서 쉿, 하는 소리가 들렸다. 일어나. 어둠이 속삭였다. 나는 그대로 누워 있었다. 바보같이. 재희의 목소리였다. 재희의 목소리라는 걸 알고 나자 어둠이 멀찌감치 물러나며 방 안의 정경이 보였다. 희끄무레한 허공에 재희의 머리만 둥실 떠 있었다. 발 이리 내. 재희가 말했다. 왜? 나는 어리둥절했다. 바보같이. 재희가 내 발 쪽으로 가더니 쇠사슬을 들어 올렸다. 고리 모양으로 감아진 쇠사슬은 자물쇠로 채워져 있었다. 그렇게 만들어진 고리 한쪽은 내 발을, 다른 한쪽은 화장실 문손잡이를 감싸고 있었다. 쇠사슬은 길었다. 방 안에서라면 어디든 갈 수 있었다. 하지만 나는 아무 데도 가지 않았다. 내 자리만 지켰다. 쇠사슬 끌리는 소리가 섬뜩했다. 그 소리를 들을 때마다, 내 발목을 옥죄고 있는 쇠사슬을 볼 때마다 아 내가 개처럼 묶여 있구나, 자각하게 되었다.

재희가 열쇠를 꺼냈다. 어디서 났어? 목소리를 한껏 낮춰 물었다. 한심하다는 듯 재희가 고개를 절레절레 저었다. 열쇠는 모두 세 개였다. 재희가 턱짓으로 은주를 가리켰다. 깨면 어떡하려고? 내 걱정을 비웃기라도 하듯 소리도 없이 자물쇠가 열렸다. 얘들 아침까지 못 일어나, 아마도. 아! 그래서 못 먹게 했구나. 깨달음이 왔다. 그럼 우영이는?

자정 무렵이었다. 작업을 마치고 돌아온 기찬과 은주를 위해 재희가 밤참으로 라면을 끓였다. 기찬과 은주를 위해서라고는 했지만 대개의 경우 우리는 다 같이 달려들어 먹었다. 후각을 자극하는 라면의 유혹을 이겨낼 수 있는 사람은 우리 중 아무도 없었다. 오늘도 마찬가지였다. 라면이 보글

보글 소리를 내며 끓기 시작하자 누가 먼저랄 것도 없이 젓가락을 집어 들었다. 그런데 재희가 내 허벅지를 꼬집었다. 의아해 하며 돌아보자 재희가 눈빛으로 말했다. 먹지 마. 어떻게 그 말을 알아들었는지는 모르겠다. 나는 왜? 입모양으로 물었다. 먹지 마. 또 눈빛으로 재희가 말했다. 이유도 모르면서 나는 젓가락을 내려놓았다. 재희는 우영을 쳐다보았다. 끈기 있게, 집요하다 싶을 정도로 우영을 보았다. 눈이 마주치길 바라는 모양이었지만 라면 냄비가 빌 때까지 우영은 한 번도 고개를 들지 않았다.

방에 갇혀 지내기 시작하면서 우영은 무섭게 식탐이 늘었다. 하루 세 끼를 다 먹고도 틈날 때마다 간식을 뒤져 먹었다. 권력을 잡은 뒤부터 상우는 먹는 것에 인심이 후해졌다. 우영이 아무리 많이 먹어도 잔소리하지 않았다. 하루 종일 우영이 하는 일이라고는 두들겨 맞거나 먹는 것뿐이었다. 상우는 먹인 뒤 팼고, 우영은 맞은 뒤 퍼먹었다. 사육이 따로 없었다.

낮에 그렇게 일렀는데도. 재희가 속삭였다. 나는 조심스럽게 우영에게로 다가갔다. 어깨를 잡고 흔들었지만 우영은 깨어나지 않았다. 아니, 깨어나지 못했다. 라면과 함께 삼킨 다량의 수면제가 우영의 몸속을 떠돌고 있을 터였다. 먼저 나가. 재희가 말했다. 넌? 그렇게 묻는 내 목소리는 떨리고 있었다. 우영이 데리고 가야지. 재희는 침착했다. 어떻게 깨우려고? 우영을 내려다보았다. 잠든 우영의 얼굴이 방긋 미소를 지었다. 행복한 꿈이라도 꾸는 모양이었다. 바늘로 찌르든지 물을 퍼붓든지 해야지. 재희는 벌써 화장대 서랍을 뒤지고 있었다. 그럼 같이 해. 내가 그렇게 말할 수 있었던 것은 수면제의 힘을 믿었기 때문이었다. 화장실로 들어가 바가지에 물을 받았다. 물소리를 내지 않기 위해 수도꼭지를 조금만 틀었다. 바가지 하나를 채우는 데 백만 년은 걸리는 것 같았다. 간신히 물을 받아 화장실을 나왔다.

우영에게 다가가다 그만 쇠사슬에 발이 걸려 버렸다. 넘어지지는 않았지만 대신 쇠사슬이 쩌그렁, 소리를 내며 저만치 밀려났다. 그 순간 상우가 번쩍 눈을 떴다. 나는 그 자리에 얼어붙었다. 재희에게 얼른 알려야 한다고 생각했지만 목소리가 나오지 않았다. 2초 혹은 3초의 적막. 사태를 파악한 상우가 머리맡에 서 있는 재희의 발목을 움켜잡았다. 재희가 흠칫 놀라며 상우를 보고 다음 나를 보았다.

"먼저 가."

재희가 말했다. 나는 물바가지를 든 채 여전히 같은 자리에 서 있었다. 재희가 다른 쪽 발로 상우의 머리를 걷어찼다. 그래도 움켜잡은 손가락은 풀리지 않았다.

"이 바보야, 얼른 가!"

몸이 말을 듣지 않았다. 재희를 도와야 하는데, 혼자서는 상우를 이길 수 없는데, 같이 싸워야 하는데, 다리가 움직이지 않았다.

"먼저 가라니까! 나도 금방 따라갈 거야!"

재희가 악을 썼다. 머리를 걷어차인 상우가 서서히 몸을 일으키고 있었다. 상우의 입가에 맺힌 비웃음을 보는 순간 거짓말같이 마비의 마법에서 풀려났다. 나는 물바가지를 든 채 모텔방 밖으로 달려 나갔다. 사방으로 물이 튀었지만 옷이 젖는 것도, 차갑다는 것도 느끼지 못했다. 그 순간의 내 머릿속에는 재희도, 우영도 들어 있지 않았다. 혼자 도망가고 있다는 죄책감 역시 느끼지 못했다. 오로지 달려야 한다는, 모텔에서 멀어져야 한다는 생각뿐이었다.

계단을 뛰어내려 갔다. 현관문을 박차고 나갔다. 무조건 달렸다. 앞으로, 앞으로 달려 나갔다. 길가의 가로수가 휙휙, 귀 뒤로 스쳐 지나갔다. 매일 산을 오르내린 보람이 있었다. 쉬지 않고 달리는데도 하나도 힘들지 않았다. 3박 4일이라도 달릴 수 있을 것 같았다.

달리다 문득 깨달았다. 주위가 너무 밝았다. 주택가에도 도로변에도 몇 미터 간격으로 가로등이 켜져 있었다. 금방이라도 상우에게 잡힐 것만 같았다. 어두운 곳이 필요했다. 산 쪽으로 방향을 틀었다. 내가 아는 한 이 세상에서 가장 어두운 곳은 매일 다니던 바로 그 산이었다. 경기도로도, 서울의 다른 동네로도 갈 수 있는 곳. 어둠이 지배하는 곳. 언제 어디서나 숨을 수 있는 곳. 그런데 고양이는 어떻게 되었을까. 그 낯익은 눈빛. 표정. 어디서 봤더라…… 분명 어디서…… 봤는데……. 아…… 그렇구나! 고양이는 재희를, 아홉 살의 재희를 닮아 있었다. 우리 집에 처음 온 날 거실 구석에 서서 소파 등받이만 노려보던 조그맣고 새까맣던 재희를. 적의와 독기로 포장된 얼굴 속에서 언뜻언뜻 보이던 기대와 불안, 갈망, 초조. 아홉 살의 재희가 미처 다 감추지 못한 진짜 얼굴.

나는 멈춰 섰다. 왜 진작 알지 못했을까. 엄마에게 버림받은 재희가, 어느 날 갑자기 낯선 가족 속에 뚝 떨어진 재희가 지을 수 있는 표정이란 적의와 독기뿐이었다는 것을. 그 안에 또 다른 얼굴이 있다는 것을. 재희가 원하는 것을 우리는 아무도 주지 못했다. 원한다는 것조차 알지 못했다. 아버지는 무관심했고 엄마는 미워하기만 했다. 그리고 나는, 나는 두려운 마음으로 지켜보기만 했다. 왜 진작 알지 못했을까……. 모텔을 향해 달려 내려가기 시작했다. 이제는 내가 손을 내밀 차례였다. 너무 늦지 않았기를. 제발.

작가의 말

어느 날 동네 뒷산에 갔다가 등산로 가장자리에 웅크리고 앉은 고양이를 보았다. 주인과 산책하는 고양이는 흔하지 않은데, 생각했지만 그대로 산을 올랐다. 두 시간 뒤 내려올 때 다시 고양이를 만났다. 새끼 고양이는 같은 자리에, 같은 자세로 웅크리고 있었다. 발길이 떨어지지 않았다. 해가 지고 있었고, 어린 고양이가 보내기에는 산속의 밤은 너무 깊고 길었다. 할 수 없이 고양이 앞에 쭈그리고 앉아 손을 내밀었다. 그 순간 고양이가 내보인 적의. 성하지 않은 고양이의 눈을 보고서야 깨달았다. 버려졌구나……. 한참을 기다렸지만 끝내 고양이는 마음을 열지 않았다. 아니, 주인이 돌아올 거라는 믿음과 기대를 버리지 못했다. 결국 고양이의 믿음 앞에 굴복할 수밖에 없었다. 산을 내려오는 발걸음이 그날 하루 동안 걸은 길을 다 짊어진 듯 무거웠다.

산에서 만난 고양이처럼, 그리고 소설 속의 재희처럼 버려지는 아이들이, 무관심 속에 방치되는 아이들이 더 이상 없기를 간절히 빌어 본다.

선생님들 말대로 성적 관리에 신경을 써야 하는 걸까? 글은 대학에 가서 써도 늦지 않은 걸까? 하지만 난 지금 이 순간 글을 쓰고 싶은데, 소설책을 읽고 주인공들의 삶을 생각할 때마다 가슴이 뛰곤 하는데…….

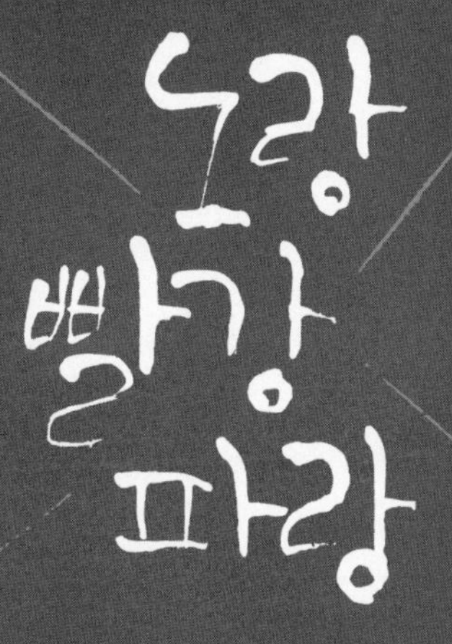

권정현

2002년 『조선일보』 신춘문예로 등단했습니다.

그동안 펴낸 책으로 소설집 『굿바이 명왕성』, 장편소설 『몽유도원』,

청소년을 위한 책 『청소년 삼국지』, 『이소룡 평전』 등이 있습니다.

일러스트 풍금

버스가 요철을 만나 덜컹, 거대한 몸뚱이를 좌우로 흔들었다. 승객들의 몸이 앞으로 쏠렸다가 다시 제자리로 돌아왔다. 앞에 앉았던 엄마가 쿨럭 기침을 했다. 엄마가 든 검은 비닐봉지에서 노란 귤들이 쏟아져 우르르 버스 바닥으로 굴렀다. 신아는 못 본 채 창밖으로 고개를 돌렸다

벌써 두 시간째 같은 문장을 들여다보고 있다.

모녀가 집으로 돌아오는 길을 묘사한 습작의 첫 문장이다. 지난달에 첫 문장을 써 놓고 아직까지 뒤를 잇지 못하고 있다. 마을버스에서 모녀로 보이는 두 여자를 목격한 게 발단

이었다. 실제로 그날, 버스가 요철을 만나 덜컹일 때 엄마로 짐작되는 여자의 손에서 귤들이 굴러떨어졌다. 딸로 짐작되는 여자가 엄마를 외면하고 고개를 돌린 것도 사실이었다. 그들을 보며 나는 상상의 나래를 펴기 시작했다. 그들의 남편이자 아빠는 다른 여자와 눈이 맞아 집을 나갔을 것이다. 남편을 만나고자 먼 길을 다녀온 여자는 손에 든 귤을 놓칠 정도로 온몸이 지쳐 있다. 딸은 부모들의 싸움에 진저리가 나 하루빨리 집을 떠날 궁리만 한다……. 생각은 거기서 막혔다. 집을 나온 여학생이 원조교제에 나서는 이야기를 상상해 보지만 너무 상투적이다. 두 모녀가 힘을 합쳐 아빠에게 복수하는 설정은 어떨까? 이번에는 딸이 아빠를 응징한다는 게 마음에 걸린다.

문장 역시 어설퍼 보이기는 마찬가지. '거대한 몸뚱이'에 밑줄을 긋고 마을버스를 떠올린다. 마을버스를 거대하다고 표현하는 게 영 아귀가 맞지 않았다. 마을버스가 큰 건 분명하지만 일반 버스에 비하면 앙증맞을 정도로 작다. 또 십분 양보해서 버스가 거대하다고 해도 빌딩이나 학교 운동장보다는 작다. 고심 끝에 '거대한'이라는 표현을 삭제한다. 세 번째 문장의 '우르르' 역시 표현이 부적절해 보인다. '우르르'는 사람이나 동물이 몰려오는 상태를 표현한 부사이자 의태어다. 작은 귤을 표현하기에는 아무래도 무리다. '우르르'를 '와르르'로 바꾸자 비로소 문장이 매끄러워진다. 하지만 이내 고개를 젓는다. '와르르'는 상자나 궤짝 같은 것이 무너지는 소리에 더 합당한 표현이다. 자판을 바꿔가며 썼다 지우기를 반복한다. 오르르, 토르르, 토드드, 투두둑, 토토토…….

짧은 한숨과 함께 노트북을 덮는다. 오늘도 한 문장 이상 진행하기는 어려울 것 같다. '문장이 안 써질 땐 어떻게 하죠?' 휘리릭 달 선생님께 문자를 날리고 벗어둔 카디건을 어깨에 두른다. 우르릉, 쿵, 때맞춰 벽이 통째로 흔들린다. 좀 잠잠하다 했는데 또 시작이다. 슬리퍼를 탈탈 끌고 철제 대문을 밀친다. 언덕배기 밑, 시내 반대 방향으로 중장비를 실은 트럭들이 줄지어 지나가고 있다. 한 대 두 대, 버릇처럼 차량 숫자를 세다가 그만둔다. 가로등에 비친 차량들은 각양각색이다. 위장망을 덮어쓴 트럭이 있는가 하면 철모 쓴 군인들을 잔뜩 태운 채 경광등을 번쩍이는 차량도 있다. 'chemistry'라고 쓰인 탱크로리 차량 틈에 민간인 트럭 몇 대도 끼어 지나간다.

시내 북쪽에 자리한 미군부대가 다른 곳으로 옮겨 간다는 소문은 진작부터 있었다. 소문을 확인시키기라도 하듯 대략 보름 전부터, 위장한 차량들이 많게는 수십 대씩 물소처럼 무리지어 시내를 빠져나갔다. 미군이 뜬다는 소문이 돌자 양촌도 눈에 띄게 술렁거렸다. 마을 구성원들 대부분이 군부대에 의지에 먹고사는 사람들이었기 때문이다. 그들 중에는 아빠도 끼어 있다. 아빠는 미군들이 입다 버린 헌 옷을 수거하여 구제로 팔아넘기는 일을 한다. 전쟁 때부터 미군들을 따라다녔던 할아버지의 일을 아버지가 물려받은 것이다. 양촌에는 아버지 말고도 몇 사람이 같은 일을 한다.

"니 아빤 들어왔냐?"

뒷집 최가네 아주머니가 빼꼼 대문을 열고 나온다.

"아직요."

아주머니는 대야에 든 물을 바닥에 뿌리며 차량 행렬을 곁눈질한다. 아주머니 남편은 잡역부로 기지에 출입하며 가족들의 생계를 책임진다. 잔디를 깎거나 고장 난 배관을 고치거나 벽에 페인트를 칠하는 게 아저씨 일이다. 어른들 얘기를 빌리자면 원래는 시내에서 페인트 가게를 했었는데 불이 나 쫄딱 망하는 바람에 빚을 지고 양촌으로 흘러들었다고 한다. 술에 취하면 동네 아이들을 불러 앉히고 미군 탱크와 비행기에도 자신이 직접 페인트를 칠한다고 자랑을 늘어놓지만 솔직히 믿기 힘든 허풍들이다. 가끔은 쓰고 남은 페인트를 가지고 나와 이웃집 대문에 페인트를 덧발라 놓곤 하는데, 아저씨 덕분에 우리집 낡은 대문도 잊을 만하면 번갈아가며 옷을 갈아입는다.

마당 평상에 앉아 별을 찾아본다. 구름 사이로 흐릿하게 별빛 달빛이 흔들린다. 군인 차량 특유의 소음은 더 이상 들리지 않는다. 달빛을 흔들며 검은 새 몇 마리가 남쪽으로 날아간다. 후, 숨을 한껏 들이켠다. 아빠가 보면 밤이슬을 맞는다고 혼을 내겠지만, 나는 평상에 누워 아빠를 기다리는 저녁 시간이 좋다. 사실 아빠를 기다리는 건 핑계고 머리엔 쓰다 만 소설 생각으로 가득하다. 마을버스에 올라탄 딸과 엄마, 봉지가 터져 바닥으로 흩어진 귤들, 부모를 외면하는 철부지 딸, 머리가 터질 것만 같다. 도대체 어디서부터 이야기를 이어가야 하는 건지, 이러고도 소설가가 되겠다고 당찬 꿈을 꾸고 있는 내가 한심하다. 차라리 다른 걸 써 볼까? 그건 너무 쉽게 포기하는 거잖아. 딩동, 둥글둥글 몸을 굴리는데 문자가 수신된다. '억지로 쓰려고 하지 말고 기다려!'

기라리라고요? 나는 평상에 몸을 바투 엎드린다. '치, 기다린다고 소설이 해결되나요?' 이어지는 답장. '문장은 기다리면 와.', '치, 안 오는데.', '마땅한 소재를 찾지 못했기 때문이겠지.', 앗, 달샘은 내 약점을 정확히 알고 있다. '맞아요. 버스에서 목격한 모녀 얘길 쓰고 있거든요.', '무슨 얘길 하고 싶은데?', '그러니까 엄마가 귤 봉지를 떨어뜨리고 딸은 외면해요.', '답답, 그거 말고 그 장면으로 무슨 얘길 하려고?', '글쎄요, 엄마와 딸, 청소년, 가족, 가출 뭐 이런 거?',

'이런 거라니? 작가가 무슨 얘길 하려는지 의식도 없이 쓰겠다고?', 나는 평소 궁금하던 것을 물어본다. '글에 목적을 가지면 그건 순수한 글이 아니잖아요?', 장문의 답이 온다. '물론 특정한 목적을 가지고 글을 쓰면 그건 순수한 문학이 아니지. 대중을 교화하겠다든지, 특정 사상을 주입시키겠다든지, 하지만 작가 의식은 반드시 필요해. 자신의 글로써 무엇을 말하고 싶은 건지, 버스 안의 두 인물을 가지고 무엇을 쓰려고 하지 말고 네가 세상에 던지고 싶은 걸 먼저 찾고 거기에 합당한 소재를 구상해 봐.', '하고 싶은 말을 찾으려면 어떻게 해야 해요?', '바보. 먼저 자기 자신을 들여다봐야지. 자신을 먼저 알아야 해. 그래야 세상 사람들의 마음도 들여다볼 수 있는 거야.'

빙고. 오늘도 선생님의 지적은 명쾌하다. 달샘은 1학년 때 국어 선생님이자 담임이었다. 윤월(尹月). 이름에 달이 들어 있어서 학생들은 그녀를 달샘으로 불렀다. 달샘은 지난겨울 돌연 학교를 그만두고 고향으로 내려갔다. 어머니가 치매 판정을 받았는데 돌아가시기 전까지 곁에서 모시고 싶다며 사표를 던진 것이다. 물론 나만 아는 한 가지 이유가 더 있기는 하다. 선생님은 소설가 지망생이다. 더 늦기 전에 꿈꿔 왔던 일을 하고 싶다고, 선생님은 내가 직접 손으로 적어 보낸 첫 편지에 그렇게 답장을 보내왔다. 학기 중에 소설 비슷한 것들을 써서 가지고 갔을 때에도 선생님은 귀찮은 구석 없이 일일이 첨삭을 해 주었다. 때론 머리를 쓰다듬으며 이렇게 말했다. "예진인 선생님과 같은 꿈을 꾸고 있네? 소설가가 되려면 남들보다 더 많이 읽고 더 많이 끼적여야 해. 그러면서 세계관을 넓혀 봐."

기지갤 켜며 일어난다. 오늘도 아빠는 늦을 모양이다. 대문을 잠그고 방으로 돌아와 노트북을 연다. 커서는 여전히 같은 자리에서 깜박거린다. 달샘도 지금쯤 컴퓨터 앞에 앉아 있겠지? 선생님과 같은 시간, 같은 고민을 하고 있다고 생각하니 기분이 좋아진다. 빨리 소설을 써서 고교생 대상 공모전에 내야겠다. 상이 전부는 아니지만 객관적으로 내 글을 평가받고 싶은 것이다. 달샘은 하고 싶은 말이 있는 사람이 글을 쓴다고 했다. 내부의 결핍이 많은 사람일수록 그걸 메우기 위해 글을 쓴다는 달샘의 말에 나는 동의하지 않는다. 내가 유일하게 부정하는 달샘의 그 말 속에 나는 깊은 상처를 숨겨 놓았다. 새벽시장에 가다가 철도 건널목에서 기차에 치여 죽은 한 여자의 이야기를. 평생 일만 하다가 제 딸이 중학교에 올라가는 것도 보지 못하고 길에서 눈을 뜨고 죽은 어느 여인을.

컹컹, 개 짖는 소리가 불이 번지듯 골목을 타고 올라온다.

십중팔구 옆집 최가 아저씨거나 술에 취한 아빠일 것이다.

"야, 너 치마가 그게 뭐냐?"

학생부 선생님이 앞서 가는 3학년 선배를 지목했다.

"네?"

선배는 안경을 쓸어 올리며 딴청을 피웠다.

"인마, 그래가지고 대학 잘 가겠다. 학생이면 학생답게 치마를 입어야지. 허벅지 다 드러내 놓고, 네가 술집 여자냐? 당장 반, 번호, 이름 대!"

선배는 고개를 갸웃거리며 애교 작전으로 나갔다.

"에이, 선생님. 잘못했습니다. 한 번만 봐 주세요."

"필요 없어. 저쪽으로 가서 서 있어."

나는 소란한 틈을 이용해 재빨리 학생부 선생님 앞을 지나쳤다.

"야 너 2학년이지? 이리 와."

선생님이 나무 막대기로 어깻죽지를 툭툭 때렸다.

"넌 왜 명찰이 없어?"

"네?"

난 놀라며 황급히 가슴을 쳐다봤다. 아뿔싸! 토요일에 빨래를 하면서 떨어져 나간 걸 깜빡 잊고 꿰매지 않았다는 데 생각이 미쳤다. 이런 우라질 건망증이라니! 가뜩이나 늦잠을 자 허겁지겁 나온 탓에 오줌보가 꽉 차서 터지기 직전인데 쪽팔리게 교문 앞에서 웬 창피람. 교문은 통과하려는 학생과 막아서는 선생님으로 매일 아침 한바탕 전쟁이 벌어진다. 아무리 규정대로 착용하고 단장한다 해도 늘 몇 명인가는 이런저런 실수를 하기 마련인 법, 선생님의 예리한 눈길을 피하지 못한 학생들은 반성문을 작성하거나 운동장 다섯 바퀴를 뛰어야 하는 번거로움을 피해 갈 수 없다.

"주말에 교복 빨다가, 그게 그러니까 저희 집 세탁기가 워낙 고물이라서. 헤헤, 그 녀석이 글쎄 배가 고픈지 종종 실밥을 뜯어 먹어요. 딱 한 번만 봐 주시면 안 돼요?"

선생님은 학생부라는 막중한 직책의 집행자답게 단호했다.

"눈물 난다. 그렇게 봐 주면 누군들 사연이 없겠냐. 저리로 가!"

나는 무의식적으로 나무 막대기를 손으로 잡았다.

"선생님, 제발요. 실은……."

오줌 싸기 직전이라는 말은 차마 할 수가 없다.

"아니 이 녀석이, 어딜 잡아."

선생님의 얼굴이 붉으락푸르락해질 때 구세주가 나타났다.

"안녕하세요. 얘는 하늘반 학생인데 제가 책임지고 지도할게요."

출근하던 하늘반 담당 여선생님이 나를 발견하고 다가왔다.

"그래? 그럼 앞으로는 잘해라."

하늘반이라는 말에 학생부 선생님은 순순히 나를 놓아 주었다.

"예진이, 너 왜 걸린 거야?"

"여기요."

나는 씩 웃으며 앞가슴을 내밀었다.

"여자가 칠칠맞게 그게 뭐냐?"

선생님은 알밤을 한 대 먹이고 교무실로 총총히 걸음을 옮겨갔다.

우선 하늘반부터 나가고 말 테다. 화장실로 뛰어가며 나는 찜찜하게 곱씹었다. 하늘반이라 우대를 받았지만 차별대우가 달갑지만은 않다. 하늘반은 모의고사 성적에 따라 상위 40명까지 뽑혀 운영되는 비정규 반이다. 자율학습도 하늘반은 따로 받는다. 상위권 대학을 보내기 위해서 일찌감치 될 성싶은 아이들을 모아 입시에 조금이나마 유리하도록 집중 관리하는 셈이다. 의자에는 1번부터 40번까지 번호가 붙어 있고 모의고사 성적이 산출될 때마다 매번 위치가 바뀐다. 1학년 때 내 자리는 10번에서 15번 사이를 오르내렸다. 그러나 2학년이 되면서 30번 밖으로 추락했다. 아이들이 영어 단어를 외우고 수학 문제를 풀 때 가방에 숨겨 둔 책을 꺼내 미친 듯이 읽어 댄 결과다. 독서로 내공을 테스트한다면 단연 전교 1등 할 자신이 있지만 안타깝게도 독서는 모의고사 항목에 빠져 있다.

"선생님, 드릴 말씀이 있어요."

1교시가 끝나고 담임 선생님께 상담을 신청했다.

"예진이구나. 무슨 일인데?"

선생님이 의자를 돌리며 물었다.

"저 이번 주 토요일에 학교 빠져야 해요."

"토요일에? 왜 하필……."

"그날, 고교생을 대상으로 하는 전국 규모의 백일장이 서울에서 열리거든요. 대회에 나가서 다른 학교 학생들과 글 쓰는 실력을 겨뤄 보고 싶어요."

선생님의 인상이 찡그러졌다.

"안 돼. 너 하늘반이잖아. 자꾸 한눈파니까 성적이 떨어지지?"

나는 작정하고 선생님과 눈을 맞추었다.

"저 야간 자율학습도 빠지고 싶어서요. 하늘반 자체도 싫고요."

"뭐?"

담임 선생님은 이해를 못 하겠다는 듯 안경을 고쳐 썼다.

"안 그래도 성적이 떨어져서 상담을 하려고 했는데 잘됐다. 남들은 못 들어가서 안달인 하늘반을 빠지겠다고? 그래가지고 대학 가겠냐? 글이 그렇게 중요해?"

선생님이 숨 쉴 틈도 주지 않고 질문했다.

"네, 저는 글을 쓸 때 너무 행복해요."

"대학 가서 쓰면 되잖아. 뭐가 그렇게 급한데?"

"글을 써도 문학 특기자 제도가 있어서 대학에 갈 수 있대요."

"특기자? 너 그게 얼마나 힘든 건지 아니? 현실적으로 글 쓰고 책 읽어서는 대학 가기 힘들어. 그냥 솔직히 얘기해 봐, 너 공부가 하기 싫은 거지? 집에 무슨 일 있어?"

담임 선생님은 끝내 토요일 공결을 허락하지 않았다. 대회에 나가면 결석 처리할 테니 알아서 하라는 말도 덧붙였다. 알겠습니다, 허릴 꾸벅 숙이고 교무실을 빠져나왔다. 아침도 안 먹었는데 속이 답답했다. 화장실로 달려가 먹은 것도 없이 웩웩, 헛구역질을 해댔다. 찬물로 얼굴을 씻자 조금 기분이 나아졌다. 화장실을 나서다가 3교시가 수학 시간이라는 데 생각이 미쳤다. 수학 선생님은 1초만 늦어도 교실 문을 잠근다. 신발을 질질 끌며 운동장으로 향했다. 1학년 학생들이 편을 나누어 공을 차고 있었다. 후배들이 찬 공이 내가 선 곳으로 날아왔다. 나는 전력질주로 달려가 공을 힘껏 찼다. 공이 포물선을 그리며 아이들에게 날아갔다. 하늘은 비가 오려는 듯 찌푸려 있었다.

토요일 날 고대하던 백일장이 열렸다. 나는 필기구만 지참한 채 아침 일찍 대회장소로 향했다. 백일장 명칭은 만해 백일장. 시인이자 승려였던 만해 한용운 선생을 기리기 위해 제정된 행사였다. 개최 시간이 다가오자 전국 각지에서 모인 학생들이 빼곡히 행사장으로 모여들었다. 이렇게 많은 학생들이 시를 쓰고 산문을 짓다니? 나처럼 글을 좋아하는 또래 청소년들을 한꺼번에 만나자 기분이 좋아졌다. 적어도 오늘 하루만큼은 대학도 성적도 잊고 마음껏 글을 써 보고 싶었다. 오늘 하루, 나는 누구보다도 글을 잘 쓸 자신이 있었다. 아직 대회에서 상을 받은 적은 없지만, 지난겨울부터 매주 두 권 이상의 책을 읽고 아무리 바빠도 일주일에 한 편씩 산문을 습작해 왔으니까.

백일장의 글제는 '외침'이었다. 막상 글제를 받고 보니 너무 추상적이어서 무엇을 써야 할지 머릿속이 하얘졌다. 글제가 추상적일 땐 사람을 떠올리라던 달샘의 말이 스쳤다. 수행평가로 글쓰기 과제를 내주던 날, 달샘은 비명을 지르는 아이들에게 그렇게 이야기했다. 모든 이야기의 주체는 사람이라고. 허공이 나와도 바람이 나와도, 사람에 대해서 생각하라고. 외침, 외침, 나는 입안에 넣어 글제를 굴리며 사람을 생각했다. 시장에서 생선을 사라고 소리 지르던 엄마가 떠올랐다. 그러나 그 이야기는 하고 싶지 않았다. 술에 취해 들어와 대문을 두드리는 아버지의 고함이 귀청을 때렸다. 이번에도 고개를 저었다. 상투적이지 않은 순간을 포착하려고 노력해 봐. 세상에 하나밖에 없는 이야기를 세상에서 하나밖에 없는 문장으로 독자에게 전달하는 게 글이야. 다른 사람들이 다 한 얘기를 반복한다면 그건 낭비잖아? 샘의 잔소리를 상기하다가 마침내 첫 문단을 지었다.

아버지는 소리를 잘 듣지 못한다. 늘 시끄러운 기계에 둘러싸여 작업을 하기 때문이다. 아버지는 30년째 철공소에서 쇠 다듬는 일을 해 오고 있다. 주문 규격에 따라 두꺼운 강판을 자르기도 하고, 너트와 볼트를 만들기 위해 연마기 앞에서 뜨겁게 쏟아지는 불꽃을 견딘다. 그래선지 아빠의 옷에서는 언제나 쇠 냄새가 난다. 쇠에서도 냄새가 난다는 걸 나는 아버지의 헌 작업복을 보며 처음 알았는데, 아빠는 집에 오면 항상 텔레비전 볼륨을 최대로 높인다.

첫 문장이 풀리자 속도가 붙었다. 2시간 동안 나는 막힘없이 이야기를 이끌어 냈다. 30년 동안 철공소에서 일을 하느라 귀가 잘 들리지 않는 아버지와 사춘기 딸이 주인공이었다. 아버지는 귀가 들리지 않아 늘 텔레비전 볼륨을 최대로 끌어 올리는데 딸은 그런 아빠에게 자주 짜증을 낸다. 그러던 어느 날, 야근을 하는 아빠에게 도시락을 가져다주게 된 딸이 아빠가 힘겹게 일하는 모습을 지켜보면서 아빠를 이해하게 된다는 줄거리였다. 글제가 '외침'이었기 때문에 결말에 큰 소리로 아빠를 부르는 장면을 특히 강조했다. 아이디어는 EBS에서 방영된 '직업의 세계'에서 얻었다.

원고지를 제출하고 밖으로 나오자 햇빛이 찰랑거리며 이마에 부딪혀 왔다. 연못이 조성된 곳으로 가서 달샘에게 문자를 넣었다. '샘 저 백일장에 왔어요.', 조금 있다가 샘에게서 답장이 왔다. '나는 호박밭에 왔다.', 호박밭? 훗훗 웃음이 나왔다. '외침이란 글제로 글을 썼는데 귀가 잘 들리지 않는 아버지 이야기예요.', '샘은 호미로 풀을 매는 중인데 매미 외치는 소리가 귀에 자글자글.', '헐, 그럼 문자 때문에 방해되겠다. 계속 고고씽.', '너도 계속 달려.' 문자를 마치고 보니 거미 한 마리가 물풀에 매달려 거미줄을 치고 있었다. 물방개 한 마리가 팔자걸음으로 느릿느릿 먹이 사냥을 하며 물풀 옆으로 지나갔다. 거미줄이 햇빛을 받아 반짝반짝 빛을 튕겨 냈다.

발표는 3시간 뒤에 있을 예정이었다. 아이들은 셋셋넷넷 몰려나와 점심을 먹느라 흩어졌다. 분식집에서 점심을 사 먹고 강당으로 돌아오자 '학생들을 위한 인문학 강의'라는 프로그램이 시작됐다. 수염이 허연 대학 교수가 나와 카뮈의 『이방인』과 도스토옙스키의 『죄와 벌』을 주제로 이야기를 들려주었다. 두 작품 모두 감명 깊게 읽은 기억이 나서 강의 내용이 귀에 속속 와 박혔다. 그러나 강의가 끝날 때쯤 심장이 뛰며 가슴이 답답해지기 시작했다. 발표가 임박했는지 여기저기서 웅성대는 소리가 났다. 태연한 척하는데도 신경이 곤두섰다. 누구보다 내 글에 자신이 있었기에 내가 무대 앞으로 불려 나가는 즐거운 상상을 하려고 노력했다. 그러나 결과는 이번에도 낙방이었다.

"금일 장원은 살레시오 고등학교 3학년 2반……."

나는 더 듣지 못하고 강당을 빠져나왔다. 연못으로 가 아직도 집을 짓느라 정신이 없는 거미를 관찰했다. 신발코로 눈물이 떨어졌다. 상을 타려고 글을 쓰는 것도 아니잖아. 자신에게 수없이 질문을 던졌지만 섭섭한 건 어쩔 수 없었다. 담임에겐 특기자로 대학을 갈 수 있다고 큰소리 떵떵 쳤는데, 월요일 날 뭐라고 변명을 해야 할지 막막했다. 아니 어쩌면 내가 재능이 부족한지도 몰라. 즐겁게 백일장에 다녀오겠다는 애초의 다짐도 잊고 나는 오늘따라 유달리 상에 집착했다. 달샘이 곁에 있었다면 잘못된 문장 첨삭도 받고 좋은 얘기도 들려주었을 텐데. 선생님들 말대로 성적 관리에 신경을 써야 하는 걸까? 글은 대학에 가서 써도 늦지 않은 걸까? 하지만 난 지금 이 순간 글을 쓰고 싶은데, 소설

책을 읽고 주인공들의 삶을 생각할 때마다 가슴이 뛰곤 하는데…….

'저는 재능이 없는 것 같아요.' 수돗가 옆 평상에 누워 달샘에게 문자를 보냈다. 쿠쿵, 쿵, 먼 곳으로부터 어제와는 다른 소리가 들려왔다. 언젠가 본 적이 있는 전차 소리였다. 쿠구궁, 땅이 어제보다 더 많이 흔들렸다. 외곽도로를 따라 전차들이 끝도 없이 밀려왔다. 전차는 같은 모양, 같은 속도로 양촌마을 앞을 지나갔다. 잔뜩 치켜든 포신들이 어두운 하늘을 찌르고 있었다. 나는 가방에서 종이와 펜을 꺼내 방금 본 탱크 행렬을 묘사했다. 긴 코를 힘없이 늘어뜨린 채 물을 찾아 건기의 초원을 건너는 아프리카 코끼리처럼, 전차들은 밤을 건너 새로운 보금자리로 떠난다. 병사들의 시선은 달을 겨누고, 검은 새 몇 마리가 부지런히 전차 뒤를 쫓고 있다.

그때 띠리릭, 전화벨이 울렸다. 달샘이었다.

"선생님!"

반가운 마음에 울컥 눈물이 솟았다.

"오늘 문장공부 잘 하고 왔니?"

선생님은 백일장에서 떨어질 때마다 문장공부한 셈 치라고 다독였다.

"기운 낼게요. 저 괜찮아요."

"아깐 다 죽어 가더니."

"사실 어떻게 해야 될지 모르겠어요. 야자도 빠지겠다고 말씀드렸는데."

나는 자초지종을 설명했다.

"음, 예진아."

"네?"

"넌 글을 쓸 때 제일 행복하지?"

"네."

"선생님도 그래. 그러니까 네가 행복한 걸 계속해. 그게 답이야."

"글은 대학 가서도 쓸 수 있다고 우선 대학부터 준비하라고 하시는데요."

"그래? 그럼 특기자 같은 걸로 대학 가겠다고 말씀드려."

갑자기 어깨에 힘이 빠졌다.

"특기자요? 보다시피 대회를 나가도 통 상을 못 받는 걸요. 아마도 전 재능이 없나 봐요. 제가 쓴 글은 아무도 주목하지 않아요. 공모전에 낼 단편소설도 꽁꽁 막혀 있고……."

"그건 선생님도 마찬가지야. 예진이 넌 누구보다 재능이 많아. 그러니까 포기하지 마."

"여기선 그렇게 할 수 없어요."

한숨 소리가 들려왔다.

"정 힘들면 예고로 전학을 가. 고등학교 때부터 글을 쓸 수 있도록 배려하는 특목고가 더러 있으니까. 좀 멀긴 해도 찾아보면 그런 학교를 만날 수 있을 거야. 하지만 차선책이란 걸 잊지 마. 우선 열심히 준비해서 공모전에 좋은 소설 한 편을 내 봐. 네 열정을 대외적으로 인정받게 되면 선생님들도 다른 시각으로 너를 보게 되고 네 꿈을 인정해 주실 거야."

"공모전용 소설을 쓰기엔 제가 많이 부족해요."

"아니 그렇지 않아. 어제 버스 얘기 했었지? 떠오르지 않는 얘기를 억지로 쓰려고 낑낑대지 마. 네가 가장 잘할 수 있는 얘기를 해야지. 네가 사는 마을 이야기는 어때? 너는 누구보다 좋은 문학적 배경을 지니고 있잖아. 왜 가족 얘기는 쓰지 않지?"

달샘은 오늘따라 내 아픈 곳을 자꾸 찔러댔다.

"겁내지 말고 네 이야길 써. 글이란 작가를 거치면 새로운 이야기가 되는 거야. 더 이상 너의 이야기가 아니라 너의 손을 거친 소설이 되는 거지. 아빠는 요즘도 거기서 일하시니?"

달샘은 우리 집 사정을 대강 알고 있었다.

"네, 근데 요즘 마을 전체가 많이 어수선해요. 아빠는 부대를 따라가야 할지 남을지 결정을 못 하신 것 같고. 동네 사람들도 입장이 갈려서 갑론을박이고요."

미군기지는 평택으로 이전된다. 마을 사람들 중에는 벌써 집을 정리하고 이사를 간 사람도 있었다. 최가네 아저씨도 이사를 결정하고 집을 복덕방에 내놓았으나 집이 나가지 않아 애를 먹고 있었다. 임대로 사는 우리 사정은 그나마 나았다. 트럭만 부르면 언제든 짐을 뺄 수 있으니까. 하지만 아빠는 선뜻 결정을 내리지 못하는 눈치다. 같은 조건으로 같은 일을 계속할 수 있을지 확신이 서지 않는다고 했다. 그간 모아 놓은 돈으로 옷가게를 여는 것도 고려하고 있는 것 같았다. 무엇보다도 걸리는 건 내 학교 문제였다. 고등학교 졸업을 1년 남기고 전학을 갈 수도 없었다.

"그걸 써라!"

"네?"

"오늘따라 반응속도가 늦네. 되도 않는 버스 모녀 얘긴 접어 두고 그 얘길 쓰라고. 밥벌이 수단이었던 미군부대가 떠나고 뒤숭숭해진 양촌 사람들, 그 틈에서 이러지도 저러지도 못하고 미적거리는 아빠와 시장에서 행상을 하다가 돌아가신 어머니 얘기를 쓰란 말야."

"선생님……."

"뭐가 두렵니? 제 결핍 하나 꺼내지 못하고 타인을 어루만지겠다고?"

"……."

"열심히 써서 한 달 뒤쯤 전국에서 제일 큰 공모전이 열리니까 거기 출품해 봐. 수상을 하게 되면 문학특기자로 대학 문제도 자연스레 해결이 될 거야."

시간이 늦어선지 선생님의 목소리에 피곤이 묻어 나왔다.

"네, 해 볼게요. 해 볼게요, 선생님."

새 소설을 생각하자 나도 모르게 목소리가 떨렸다.

다음 날과 그다음 주 일요일, 나는 미군들이 떠나는 주둔지에 가 보았다. 언덕에 올라가면 네 개의 캠프 중 한 곳을 내려다볼 수 있다. 기지 주변으론 2미터에 가까운 철조망이 쳐져 있었다. 100여 미터 간격으로 감시탑이 우뚝 솟아 있었지만 탑 안에 병사들은 보이지 않았다. 유류고로 짐작되는 곳에서 일단의 병사들이 트럭에 기름통을 싣고 있었다. 바람이 불 때마다 기름 냄새가 훅 끼쳤다. 나는 적당한 곳에 자리를 잡고 앉아 어수선해 보이는 기지를 스케치했다. 머릿속으로 상상해서 글을 쓸 때와 달리 직접 공간을 머리에 담아 가며 구성을 짜자 한결 리얼리티가 살아났다.

기지 스케치가 끝나자 시내에서 제일 큰 시장으로 내려가 사람들의 동태를 취재했다. 시장 아주머니들의 화제 역시 단연 기지 이전이었다. 시장 상인들은 대체적으로 기지 이전을 아쉬워하는 것 같았다. 시장을 나와 이전에 반대하는 사람들과 이전을 요구하는 사람들이 부딪혀 싸움을 벌였던 시청 광장으로 가 보았다. 사람들은 몇 년 전부터 두 패로 나뉘어 치열하게 상대를 비방했고 지난봄 마침내 시청 앞에서 집단으로 충돌했다. 싸움은 서울에서 전경부대까지 지원을 나온 뒤에야 끝이 났다. 열 몇 사람이 경찰에 연행되고 수십 명이 중경상을 입은 아픈 기억이었다.

집으로 돌아오니 아빠가 홀로 평상에 앉아 술을 마시고 있었다.

"예진이 왔냐. 이리 와서 좀 앉아라."

나는 눈을 가늘게 뜨고 까칠하게 대답했다.

"흥, 술상으로 딸을 부르는 아빠가 어딨어?"

아빠가 껄껄 웃으며 김치를 손으로 잡아 쭉 찢었다.

"막걸리도 술이냐?"

"최가 아저씨랑 마시지. 가서 불러드릴까?"

"아서라. 아직 안 왔댄다. 근데 어딜 갔다 이제 와?"

"응, 취재. 미군부대랑 아빠 얘길 소설로 쓰고 싶거든."

"그럼 아빠가 주인공인 게냐?"

"그럼."

"허허, 좋구나. 살다 보니 내가 주인공도 다 하구."

아빠는 사람 좋게 웃었다.

"근데 아빠, 이사 갈 거야?"

"가야지 별수 있냐. 여기선 해 먹을 게 없는데."

"옷가게 차린다고 했잖아?"

"안 그래도 몇 군데 자릴 알아봤는데 영 맘이 안 가는구나. 하려면 유명 메이커 지점을 내야 하는데 그건 내 생리에 안 맞고. 그렇다고 돈 많이 드는 등산복 매장을 열 수도 없고."

"나 학교는 어떻게 하고?"

"우선 아빠만 가서 일을 할 테니 너는 당분간 여기 남아."

나 혼자 무섭단 말야. 그러나 나는 말을 밖으로 꺼내지 못했다.

"늦었으니 너도 어서 자라."

아빠는 막걸리 한 병을 다 비우고 나서 방으로 들어갔다.

한 달 동안 나는 대부분의 시간을 소설 생각만 하며 보냈다. 물론 하늘반 활동도 빠지지 않았다. 공부를 하다가 선생님이 나가면 쓰다 만 소설을 꺼내 문장을 수정했다. 아이들은 누구도 내게 신경 쓰지 않았다. 나도 아이들을 신경 쓰지 않았다. 아직 2학년밖에 안 됐지만 하늘반 아이들은 3학년만큼이나 심각한 얼굴을 하고서 내신과 모의고사 성적에 신경을 곤두세웠다. 그러거나 말거나 나는 목표만 생각했다.

상을 받지 않아도 좋았다. 다만 다 쓰고 나서 스스로 후회하지 않을 소설을 쓰고 싶었다. 누구도 하지 않은 나만의 이야기를 나만의 문장에 담아 보여주고 싶었다.

'제목은 정했니?' 달샘은 때때로 문자를 보내와 격려를 잊지 않았다. 새로 쓰는 소설의 제목은 '노랑빨강파랑'으로 정했다. 특별한 뜻은 없다. 잊을 만하면 쓰고 남은 페인트를 가져와 동네 대문에 칠을 해 주는 기지 잡역부 최가 아저씨 에피소드에서 아이디어를 얻었다. 아저씨는 오직 세 가지 색으로만 대문을 칠한다. 어느 날은 빨강 페인트를 잔뜩 남겨와 롤러로 쓱쓱 대문 색깔을 바꿔 놓고 계절이 가기도 전에 이번에는 파란색으로 바꿔 놓는 식이다. 통에 남은 페인트는 남은 양이 들쭉날쭉해서 어느 날은 대문 두 개도 칠하고 어느 날은 대문 반쪽을 칠하다 말 때도 있다.

소설 속에서 아저씨와 나는 이런 이야기를 주고받는다.

"아저씬 왜 툭하면 대문 색을 바꿔 칠해요?"

칠장이 최가 아저씨가 이마의 땀을 닦으며 대답한다.

"응, 페인트가 남으면 아까우니까 가지고 오는 거지."

"애초부터 딱 맞게 조절하면 되잖아요? 미군은 물자 절약도 안 하나?"

아저씨의 동문서답.

"그럼 우리 동네 대문은 뭘로 칠하냐?"

"다른 색은 없나? 촌스럽게 매일 노랑 아니면 빨강, 파랑이 뭐예요?"

"그건 내 마음이지."

뜸을 들이던 아저씨가 내 귀에 대고 속삭인다.

"사실은 말이야. 노란색은 내 아내가 제일 좋아하던 색이야."

"(나도 속삭이듯) 빨강은요?"

"그건 내가 제일 좋아하는 색이고."

"에이, 물어보기 싫어진다. 나머지 파란색은요?"

"그건 네가 제일 좋아하는 색이잖니!"

아저씨는 당당히 내 소설의 주인공이다. 아저씨는 트럭에서 떨어져 다리를 약간 전다. 양촌 사람들이 모두 이사를 가도 칠장이 최가 아저씨는 홀로 마을에 남는다. 철길 건널목에서 죽은 아내를 잊지 못하기 때문이다. 아저씨는 마을 사람들이 하나 둘씩 이사를 갈 때마다 빈 집 담벼락에 페인트로 그 집에 살던 이웃들의 얼굴을 그린다. 미군이 떠나자 시에서는 양촌 마을에 대규모 아파트 단지를 조성하게 되는데, 끝까지 혼자 남아 철거와 맞서던 아저씨는 굴삭기들이 줄지어 마을로 들어서자 자기가 살던 집 담벼락에 자신과

아내의 얼굴을 그려놓고 그림 속으로 사라진다.

“소설은 다 썼니?”

“벌써 응모를 한 걸요.”

달샘이 오랜만에 전화를 걸어왔다.

“어 그래? 왜 미리 보여주지 않았어?”

“제 힘으로 해 보고 싶어서요. 선생님은 어떻게 지내요?”

“샘도 정신없이 보냈다. 처음 해 보는 농사라 실수가 많았거든.”

“소설은요?”

“겨울에 쓰면 되지 뭐.”

달샘의 목소리는 언제 들어도 씩씩하고 밝아서 좋았다.

“겨울에 놀러 가도 되요? 보고 싶어요.”

“환영한다. 샘이 고구마랑 감자랑 땅콩이랑 잔뜩 심어 놨거든. 겨울에 화로에 불 지펴서 고구마도 구워 먹고 땅콩도 볶아 먹자. 너 먹는 거 되게 좋아하잖아?”

“치, 먹는 거 안 좋아하는 사람도 있남.”

선생님과 통화 이후 나는 공모전에 소설 보낸 걸 잊고 지냈다. 무엇인가를 기억하고 기다리기에는 여유가 없을 정도로 정신없이 바쁜 일들이 굽이굽이 닥쳤기 때문이다. 기말고사와 모의고사는 그렇다 치고 갑자기 집을 비우게 된 건 내 인생 최대의 시련이었다. 원래는 아빠만 떠나고 나는 졸업 때까지 양촌에 남아 있을 계획이었다. 그런데 집주인이 갑자기 계약 만료를 선언해서 학교 옆 고시원으로 짐을 옮겨야 했다. 막상 정든 양촌을 떠나자 마음이 뒤숭숭해서 견딜 수 없었다. 그나마 다행인 건 평택으로 떠난 아빠가 아는 사람의 도움으로 임시 일자리와 거처를 구하게 된 점이었다. 소설과 달리 옆집 최가네는 조용히 양촌을 떴다. 인사도 없이 아저씨가 동네를 떠서 좀 섭섭하긴 했지만 크게 서운하지는 않다. 원래 소설과 현실은 달라야 하니까. 아니 다른 법이니까.

2학년 2학기 기말고사에서 나는 국어1, 영어3, 수학3, 역사3의 성적을 받았다. 책상이 거의 꼴찌로 밀려났지만 크게 신경 쓰지는 않는다. 내가 제일 자신 있는 국어에서 한 개를 틀렸기 때문에 그럭저럭 성적이 마음에 든 탓이다. 방학이 되어 도서관으로 달려가 종일 책에 파묻힐 생각을 하자 벌써부터 심장이 백 미터 달리기를 시작한다. 읽어야 할 소설 목록도 이미 짜 놓았다. 새로 습작할 소설의 구성도 틈틈이 끝내 놓았다. 다음 소설은 고시원을 소재로, 벽 하나를 사이에 둔 고시원에서 벌어지는 다양한 인물의 이야기를 쓰기로 정했다. 새로 이사한 고시원이 그 무대다.

전화가 걸려온 건 금요일 오후였다. 학교가 끝나 휴대폰을 켜자 모르는 번호로 메시지가 수신돼 있었다. 신발을 바꿔 신으며 문자 내용을 확인했다. '○○문화재단입니다. 연락 바랍니다.' ○○문화재단? ○○문화재단이 어디더라? 왜 내게 이런 문자를 보냈지? 갑자기 머리가 아득해졌다. 아, 맞다 소설, 지난달에 소설을 응모했었지. 설마, 아닐 거야. 아, 어떡하지? 하얘지는 머릿속으로 달샘의 웃는 얼굴이 스쳐갔다. 좋은 일이 생겼을 거야. 당장 전화해 봐. ……걱정 말고 이 순간을 즐겨! 달샘이 그렇게 말하는 것 같았다. 나는 떨리는 손으로 통화 버튼을 눌렀다.

"여, 여보세요. 저, 메시지 보고 전화드렸는데요……."

목소리가 전화기 속으로 구불구불 헤엄쳐 들어갔다.

작가의 말

'소설쓰기 과정'이라는 형식을 빌린 이 글은 청소년의 꿈에 관한 이야기다. 초등학교 때부터 우리는 무수히 많은 꿈에 둘러싸여 살아간다. 하지만 그 꿈은 어느 순간 대학 입시라는 커다란 벽 앞에서 한없이 작아져 뒤로 유보된다. 어렵게 대학에 들어가고 나면 이번에는 '삶'이라는 괴물이 우리를 삼켜 버린다. 좋은 대학과 좋은 스펙, 좋은 직장, 좋은 좋은 좋은…….

하지만 일찍부터 자신이 하고 싶은 것을 위해 도전하는 친구들도 있다. 글쓰기를 즐겨 하는 이 소설의 예진이도 그런 학생 가운데 하나다. 예진일 통해, 성적 위주로 진행되는 고등학교 입시 정책이 학생들의 자질을 계발시켜 '진짜 좋아하는 것을 마음껏 배울 수 있는 학교'로 바뀌어 가기를 바라는 마음을 담아 보았다. 학교가 대학을 가는 준비 단계가 아니라 꿈을 준비하는 장소로 말이다.

이 소설 속엔 실제 교육 현장에서 만난 학생들의 다양한 사연과 에피소드가 부분적으로 녹아 있음도 밝힌다. 즉 주인공 예진인 오늘도 소설가, 시인이라는 당찬 꿈을 꾸며 한 글자 한 글자 문장을 짓고 있을 수많은 아이들의 얼굴인 것이다. 이 글을 통해, 청소년 여러분들이 글쓰기란 무엇인가, 꿈이란 무엇인가를 생각해 보는 시간이 되었기를 바란다.

'김인영은 지금 행복합니다. 당신도 행복했으면 좋겠습니다.' 내가 태어나 18년 만에 서류를 보았듯 그녀도 지금으로부터 18년 후에 그 서류를 볼지 모른다. 더 빨리 볼 수도, 영영 보지 않을 수도 있다.

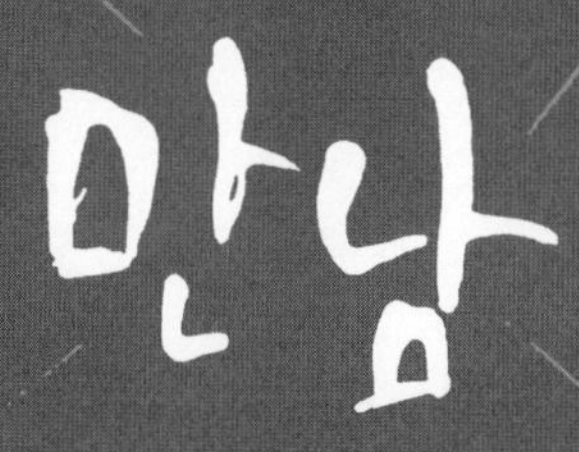

변소영

2010년에 『실천문학』으로 등단했습니다.

이화여대 독문과에 다니다 3학년 때 독일로 유학을 떠났습니다.

하고 싶은 것보다 해야 할 것을 하느라 늦게 소설공부를 시작했습니다.

2011년에 소설집 『뮌헨의 가로등』을 출간했습니다.

일러스트 풍금

공항에 왔다. 마마가 나를 낳은 분만실이다. 공항에서의 마마의 출산소동을 간단히 이야기하면 이렇다. 18년 전 11월 23일, 베이비를 편안하게 눕힐 수 있는 빈 바구니를 든 마마가 파파와 함께 이 공항에 왔다. 그 30분 뒤에 입양아를 가득 태운 비행기가 한국에서 도착했다. 흥분과 설렘으로 얼굴이 빨갛게 달아오른 마마가 나의 한국인 동행자에게서 나를 넘겨받았다. 생후 4개월 '정도'가 된 나는 마마의 품에 안기는 순간 방금 태어나 어미의 젖꼭지를 찾는 아기처럼 입을 오물거리다가 세차게 울어 댔다. 우느라 핏덩어리처럼 빨개진 나의 이마에 마마가 입을 맞추었다. 진통을 느끼지도, 신음을 지르지도 않고 마마가 나를 낳는 모습을 파파가 비디오에 담았다.

11월 23일은 그러니까 내 두 번째 생일이다. 첫 번째 생일이자 공식적인 생일은 7월 23일이다. 종이상자에 담겨져 거리에 버려진 나를 고아원에서 넘겨받았고, 인영이라는 이름을 지어 주었으며, 생일을 추정해 주었다. 추정된 생일이라 유감이긴 했다. 별자리가 사자자리인지 처녀자리인지 알 수 없어 매달 잡지의 맨 마지막에 실리는 '그달의 운수'를 정확하게 알 수 없어서이다.

부활절이나 여름방학에 여행을 떠나려고 마마와 자주 왔던 공항은 언제나 그렇듯 소란하고 분주하다. 이번에도 마마와 함께 왔지만 나는 이제 18살, 여름방학을 이용해 혼자 여행을 떠나려 한다. 내가 원하는 대로 마마가 한국행 비행기 티켓을 생일선물로 끊어 주었다. 5주 동안의 어학원비는 내가 그동안 모아놓은 용돈으로 지불했다.

체크인을 했다. 보딩타임까지 한 시간이 남았다. 카페에 앉아 마마와 차를 마시며 이런저런 이야기를 나눈다. 지금까지의 많고 많은 이야기 위에 오늘의 이야기를 얹는다. 삶이란 다름 아닌, 수많은 이야기의 합성이 아닐까.

"마마, 내가 한국에 가고 싶다고 했을 때, 어땠어? 솔직히 말해 봐."

"이제야 말이지만, 가슴이 쿵, 내려앉았다. 이제 올 것이 왔구나, 싶었지. 그동안 네게 잘해 주지 못한 게 아닐까, 좀 더 일찍 보내줬어야 하는 게 아닌가, 미안하기도 했고."

"그래? 난 하나도 안 미안했는데? 내가 한국에 가서 한국말을 배우고, 그러다가 만에 하나 친부모의 소식을 듣는다 해도 우리 사이는 조금도 소원해지지 않을 테니까. 나는 그저 궁금했을 뿐이야. 마마를 만나기 전의 나는 어땠을까, 하는 게."

"그래, 궁금했을 거야. 내가 그 부분에 대해 아무런 이야기도 해 주지 못했으니까."

"아이들이랑 이야기하다 보면 내가 태어났을 때의 몸무게랑 머리 둘레, 키 등도 궁금했지만 무엇보다 궁금했던 건, 내가 담긴 상자가 어디에 버려져 있었을까, 하는 거였어. 그곳에 한번 가 보고 싶었어. 갈 수 없다면 그곳의 사진이라도 보고 싶었어."

"인영아, 너는 버려지기 위해서가 아니라 살려고, 나를 만나려고 상자에 담긴 거야."

"알아. 아니까 내가 이렇게 말하지. 마마, 우리가 모르는 4개월 전을 나는 흥미진진한 영화의 앞부분이라고 생각해. 그걸 놓친 거라고, 놓친 그 부분을 알면 영화가 더 흥미진진해질 거라고."

"영화의 앞부분, 참으로 너다운 표현이다. 그래, 궁금한 그 부분을 미루어 추측하느니 휘리릭, 앞으로 돌려보는 게 효과적이지."

"마마, 나를 처음 보았을 때, 어땠어? 말해 봐. 또 듣고 싶어."

"너를 보기 전까지는 설레고 흥분되면서도 걱정이 앞섰지. 내가 아기를 잘 키울 수 있을까, 혹시 아기가 아프면 어쩌나, 하는 걱정 말이다. 엄마이기 전에 사람이니까 사람다운 걱정을 한 거지. 근데 네가 주먹을 꽉 쥐고 목젖이 보일 정도로 울어 젖히니까 그 걱정이 싹 사라지더라. 이 아이가 나를 필요로 하는구나, 참 예쁘구나, 싶었어."

"우는 나를 달래느라 공항을 한참 동안 돌았다고 했지?"

"응. 너는 우는데 나는 왜 웃음이 나던지…… 널 안고 있으니까 참 행복했어. 네가 울음을 그칠 때까지 공항을 몇 바퀴 돌았는데도 팔이 하나도 안 아팠다."

"마마, 내가 어렸을 때 말이야, 커서 뭐가 되고 싶냐고 사람들이 물으면 언제나 공주라고 대답했지? 생각나?"

"생각나고말고. 옆집에 갈 때도 넌 공주처럼 옷을 입겠다고 떼를 썼지."

"마마, 나는 내가 한국에서 온 공주라고 생각했어. 위험에 처하는 바람에 독일의 마마 집으로 보내진 거라고. 괴한들에게 납치당하지 않게 하기 위해 아주 먼 곳으로 보내진 거지. 18살이 되면 그 사실이 만천하에 드러나고, 나는 다시 한국에 돌아가 왕자님을 만나고, 죽음이 둘을 갈라놓을 때까지 행복하게 살 거라고 생각했어. 내가 입양아라는 걸 마마가 어렸을 때부터 말해 주었는데도 말이야. 마마가 읽어 준 그림형제의 동화 때문이었나 봐. 현실을 받아들이면서도 그렇게 비현실적인 것에 기댄 게 말이야. 내가 틴에이저가 될 때까지 그랬지?"

"틴에이저가 되면서 네 생각이 깊어지고, 그러면서 가끔 너답지 않게 말이 없어지기도 했지. 하지만 네가 입양아라서 그런 게 아니라 네 또래의 다른 아이들처럼 사춘기가 시작되는 거라고 생각했어. 그 민감한 시기에는 아이들 모두 내가 누구인지, 무엇을 위해 어떻게 살아야 하는지, 고민하니까."

"마마, 그때, 시간이 그냥 지나가지 않았어. 내 생각을 바꾸어 놓으며 지나갔어. 문득, 한국에 대한 내 생각도 바뀔 것 같았어. 그래서 한국에 가겠다고 한 거야. 마마, 그래도 막상 내가 가니까, 섭섭하지?"

"종알종알대는 네가 옆에 없다고 생각해 봐라. 안 섭섭하겠는가. 하지만 섭섭해 하지 않을게. 네가 그걸 원하니까."

"맞아. 내가 아주 가는 것도 아닌데 뭐. 마마, 내가 5주 동안 한국말 열심히 배워 올게. 마마가 나를 사랑하는 거, 그게 마마의 약점이자 강점이야. 꼼짝 못하고 지금 나를 한국에 보내지만 내가 또한 꼼짝없이 돌아오게 할 테니까."

우리는 카페에서 일어났다. 몸수색과 소지품 검사가 있는 곳으로 들어가기 전에 포옹을 했다. 언제나 그렇듯 마마의 품은 포근했다. 내가 울음을 멈추고 잠이 들 때까지 공항 안을 돌던 그 옛날처럼 마마가 내 등을 토닥거리며 말했다.

"한국까지 먼 길이지만 인영아, 세상은 하늘과 땅, 바다와 공기로 연결돼 있어. 그러니까 나는 항상 네 곁에 있는 거야."

쉬이 울음을 그치지 않던 아기 때와 달리 나는 마마의 품에 가만히 안겨서 말했다.

"내 덕분에 마마가 많이 성숙해졌는걸? 크크 마마, 알았어. 마마는 언제나 내 곁에 있어. 사실 마마 곁에서 떨어지려고 멀리 가는 건데 말이야. 마마, 걱정하지 마. 도착하자마자 전화할게."

나는 뒤돌아섰다. 공항의 자동문 안으로, 나 혼자 껴안아야 할 낯선 시간 속으로 한 발자국, 한 발자국 걸어 들어갔다. 과거로의 한 발자국이기도, 다가올 미래로의 한 발자국이기도 했다. 이제까지 주었던 사랑보다 더 많은 사랑이 담긴 눈으로 마마가 뒤에서 나를 밀어주고 있다. 동행해 주고 있다.

*

비행기에 올랐다. 좌석에 앉아 안전벨트를 맸다. 전속력으로 활주로를 내달리던 비행기가 구름을 뚫고 하늘로 올랐다. 비행기 속도에 맞추기라도 한 듯 그동안의 일들이 빠르게 떠올랐다가 스러지고, 빠르게 떠올랐다 스러졌다.

어릴 적에 나는 분홍색 벽지가 발린 방 안에서 수많은 인형을 한 번씩 안아 주며 놀았다. 부활절에는 마마와 파파가 정원에 숨겨 놓은 초콜릿 달걀을 찾느라 정신이 없었고, 크리스마스에는 테라스에다 산타 할아버지를 위해 비스킷을 내다 놓았다. 여름에는 정원에서 바비큐를 해 배가 터지도록 먹은 다음 체리씨 멀리 뱉기 시합을 했다. 겨울에는 파파와 작은 동산에 올라 하루 종일 썰매를 탄 다음 집에 돌아왔다. 혼자 놀아서 미안한 마음에 그날 나는 인형들을 세탁기에 넣고 회전목마를 태워 주었다. 주말에는 마마와 파파의 침대에 기어 올라가 잠이 들었고, 감기에 걸리면 파파의 요술구슬에다 대고 소원을 빌었다. 마마는 나를 학교에 데려다 주고 데려왔다. 점심을 먹은 나는 숙제를 한 다음 테니스 연습을 하거나 피아노 레슨을 받았다. 빨래통에 던져 놓은 더러운 옷들은 반듯하게 다려져 옷장에 차곡차곡 쌓였다. 나는 그 모든 걸 특별하게 생각하지 않았다. 평범한 하루하루라고, 다른 아이들도 모두 그렇게 산다고 생각했다.

넌 입양되었어,라고 마마가 말했을 때조차 나는 그걸 특별하게 받아들이지 않았다. 유치원에 가면 네가 다른 아이들에게 먼저 다가가야 해, 왜냐면 네가 동양아이처럼 보이기 때문에 아이들은 네가 독일 말을 못 한다고 생각할 거야, 그래서 함께 놀자고 안 할지도 몰라,라고 마마가 말했을 때에도 나는 당연하게 생각했다. 나는 모르는 아이에게 다가가 먼저 말을 걸었다. 한국에서 입양이 돼 지금 독일 부모와 살아,라고 아무 거리낌 없이 말했다. 그러면 아이들도 내가 말한 대로 받아들였다.

초등학교 때 수많은 질문을 받았다. 그 질문에 나는 마마가 들려준 대로 기계적으로 대답했다. 네 부모는 아이를 낳을 수 없었니? 우리 부모는 아이를 가질 수 있어요. 낳을 수 있는데 왜 너를 입양했니? 그냥 입양하고 싶었대요. 넌 어디서 왔니? 나는 한국에서 왔어요. 한국말을 할 줄 아니? 나는 한국말 할 줄 몰라요. 너의 친부모는 왜 너를 버렸니? 친부모가 왜 나를 버렸는지 알 수 없어요. 아마 돈이 없어서 그랬을 수도 있지요. 너를 낳아준 친부모를 찾을 생각은 없니? 내가 베이비였을 때 쪽지 한 장 없이 버려졌기 때문에 친부모를 찾을 가능성은 없어요. 그래서 찾을 생각조차 안 해요. 아니, 찾지 않을래요. 입양되었다는 게 나쁜 거라고 생각하지 않아요.

입양에 대한 긍정적인 생각과 대답에도 불구하고 나는 TV에 종종 나오는 한복 입은 사람들과 한국의 높은 건물, 차로 북적대는 거리에 대해 상당한 거리감을 가지고 있었다. 많은 인형 중에 머리가 검은 '킴'이 있었는데 나는 걔를 한 번도 안아 주지 않았다. 세탁기에 넣고 회전목마를 태워 주지도 않았다. 내 주위의 아이들과 어른들은 모두 독일 사람이었다. 킴은 내 세계와 어울리지 않았다. 한국은 내게 있어 그림 형제의 동화 속 세계보다 더 먼 곳이었다.

어쩌다 동양적으로 생긴 아이들과 한자리에 있게 되면 몹시 불편했다. 독일 사람들 속에서 자라 동양인들에 대해 무지했던 나는 그들과 어떻게 지내야 할지 알 수 없었다. 내가 그들에게 속하는지, 아니면 내 부모에게 속하는지 헷갈리기도 했다. 더없이 불편한 그런 상황에 처해지는 걸 나는 극도로 꺼렸다. 중국집에 가서도 나는 감자튀김을 시켜서 케첩에 찍어 먹었다. 밥을 먹으면 눈이 점점 더 길게 찢어지고 피부가 더 노래질 것만 같았다.

중학생이 되었다. 주말에 가족과 함께 보는 쇼는 더 이상 나의 주말의 하이라이트가 아니었다. 나는 외츠렘이라는 터키 여자 친구를 사귀었다. 나처럼 독일 국적이고 독일어가 모국어인 그녀와 친해져 어느 날 그녀의 집에 놀러갔다. 그날 나는 너무나 큰 충격을 받았다. 그녀는 그녀의 엄마와 터키어로 대화했다. 그녀의 많은 친구들이 터키 아이였고, 그녀는 여름방학 때마다 터키에 간다고 했다. 우리 터키에서는 커피 끓이는 솜씨로 집안 내력과 음식 솜씨를 짐작해, 그러니까 신랑 될 사람이 마음에 들면 최선을 다해 커피를 끓여 내오지, 결혼하기 전에 신랑이 신부 될 사람이 보고 싶으면 친구를 시켜서 신부의 베개를 훔쳐 오게 해, 매일 밤 그 베개를 다리 사이에 끼고 자지,라고 그녀가 터키의 흥미로운 풍습에 대해 이야기를 해 주기도 했다.

낯선 것이 불편하기만 한 게 아니구나, 시야를 확장시켜 주는 것이기도 하구나, 한국을 나의 한 부분으로 받아들여도 되는 거구나, 싶은 생각이 들었다. 그때부터였다. 그토록 어려워하던 수학시험을 생각보다 잘 본 날이거나 남자 친구와 처음으로 키스하던 날, 좋아하는 음악을 들으며 맛있는 음식을 먹을 때, 그런 특별한 순간에 나는 생각했다. 내가 행복하다는 걸 친엄마가 알았으면, 하고.

그럼에도 불구하고 나는 한국을 알기 위한 그 어떤 시도도 하지 않았다. 16살이 되었을 때 마마와 파파가 이혼을 했는데, 한번 결혼하면 죽음이 둘을 갈라놓을 때까지 함께 사는 것으로 알고 있던 나는 커다란 충격을 받았다. 18살 때 한국으로 돌아가 왕자와 결혼하고, 죽을 때까지 함께 살 거라는 은연중의 환상 또한 박살이 났다. 나는 생각했다. 사랑이란 동화가 아니구나. 사랑은 변하는 것이고 서로에게 상처 주며 헤어지는 것이구나. 아내와 아이를 버릴 수도 있구나. 그러니까 입양을 보낼 수도 있는 게 사랑이구나…….

그럼에도 내일의 해는 떴다. 나는 마마와 둘이 살기 시작했다. 파파 없는 시간에 익숙해졌다. 죽을 때까지 함께 살지 않으려면 왜 결혼을 하나, 싶던 생각이 강제적으로 함께 살 필요 없지, 아프지만 헤어져서 새롭게 시작하는 게 낫지, 싶은 생각으로 바뀌었다. 하루가 가고 또 하루가 가고, 내 생각을 바꾸어 놓으며 시간이 지나갔다. TV에서 종종 보는 한복 입은 사람들에게 더 이상 거부감이 들지 않았다. 그동안의 거부감은 호기심과 관심, 무의식적인 열등감의 다른 이름이었나 보다. 나는 한국에 가기로 결심했다.

*

20만 명 정도 되는 다른 한국 입양아들처럼 아기였을 때

해외로 입양되었던 나는 이제 혼자 숟가락질을 하고, 걸음마가 아니라 달리기를 하여 체육점수를 따고, 부모의 허락 없이 디스코에 가서 올나이트를 하고, 맥주는 물론 독주도 살 수 있고, 프랑스어와 영어를 할 줄 아는 18살의 고등학생이 되어 한국 땅에 첫발을 내디뎠다. 7월 말, 한국은 장마철이었다. 뜨겁고 습한 공기가 나를 에워쌌다.

이런저런 생각에 비행기 속에서 잠을 못 잤는데도 불구하고 이제 내가 새로운 세계에 들어섰구나, 싶자 정신이 또렷해졌다. 한국 포장에 독일 내용물인 나는 지금 어디쯤 서 있는 것일까, 한국은 내게 홈그라운드일까 아니면 외국인이 잠시 머무는 여행지일까, 한국에서 입양아는 어떤 의미일까, 두 나라 사이에서 내가 밸런스를 잡을 수 있을까…… 나는 수많은 질문 앞에 서 있었다.

마마, 나, 잘 도착했어. 비행기 타고 오면서 비빔밥 대신 닭고기를 먹었어. 자신이 없어서 그랬는데, 독일로 돌아갈 때에는 아마 먹을 수 있겠지? 여기는 지금 정오 12시 30분, 숙소로 가는 중이야. 독일은 지금 새벽이니까 나중에 전화할게. 나는 마마에게 문자를 보냈다. 어디를 가든 꼭 전화를 하고 문자를 보내던 마마처럼.

나는 어학원에서 여러 종류의 한외인을 만났다. 한국인이자 외국인을 우리는 그렇게 불렀다. 한국 사람처럼 보이지만 나와 똑같은 외국인이라 한국에 한국어를 배우러 온 교포 2세를 만났을 때 나는 너무 반가워 그들을 꽉 껴안아 주었다. 하지만 며칠이 지나자 독일과 캐나다, 미국과 호주에서 온 교포 2세들이 나와 다르다는 걸 알게 되었다. 그들은 한국 부모와 살며 그들의 방식대로 교육받았고, 인터넷을 통해 한국 드라마와 쇼를 보며 자랐다. 집에서 한국 음식을 먹었고, 방학마다 한국에 와서 한국어를 배웠다. 그들은 초급반인 나와 달리 고급반에 다녔다. 나는 깜짝 놀랐다. 중학교 때의 터키 친구, 외츠렘이 떠올랐다.

일주일이 지났다. 어학원 수업이 끝나 점심을 먹은 다음 문화체험으로 도자기를 만든 나는 기숙사로 돌아왔다. 어제에 이어 그사이에 있었던 일을 마마에게 끝없이 종알거렸다.

"마마, 교포 2세들도 나름 힘들었다고 해. 사고방식이 달라 부모와 갈등이 많았대. 한국 부모는 아이들이 학교에서 늘 좋은 점수를 받기를 원했고, 무조건 인문 고등학교에 가기를 원했다네. 그런 면에서 난 참 편했지? 나는 나와의 타협에만 집중했으니까. 근데 마마, 나 없어서 혹시 울고 있는 거 아냐?"

"크크. 울지는 않지만 네가 없으니까 그동안 너 때문에 얼마나 내가 많이 웃었는지 알겠더라. 네가 보고 싶으면 곰 인형을 쳐다보곤 해. 개, 너처럼 항상 웃고 있잖아?"

"마마, 한국 엄마와 살았으면서도 나처럼 한국문화를 모르고 한국말도 전혀 못하는 필립이라는 아이가 있어. 너 혹시, 입양아 아니니? 하고 내가 걔에게 물어봤어, 크크. 독일 아빠와 한국 엄마 사이에서 태어난 필립을 보는 순간 마마, 내가 나중에 혼혈아를 낳을 수도 있겠구나, 싶었어. 그럼 내 아이도 필립처럼 한국인으로도, 독일인으로도 보이지 않겠지? 그런 내 아이에게, 너는 한국인이지 브라질 사람이거나 아랍 사람이 아니야,라고 말해 주어야겠지? 내가 경험한 한국에 대해서도 이야기해 주고 말이야. 물론, 너는 이태리 사람이거나 스페인 사람이 아니라 독일 사람이야,라는 것도 알려주어야겠고."

"한국에 간 지 이주일이 채 안 됐는데 그동안 많이 보고 많이 생각했구나."

"마마, 그사이에 두 명의 입양아도 알게 되었어. 고아인지 모르는데 고아라는 걸 눈치채듯 나는 금방 알 수 있었어. 이런저런 이야기를 나눴지. 나만 이런 운명을 타고난 게 아니구나, 싶어 위로가 됐어."

"참, 음식은 어때? 입에 맞아?"

"아, 아직 이야기 안 해 줬구나! 마마, 필립과 내가 보고 경악한 게 뭔 줄 알아? 포장마차 때문이야. 매연과 소음이 가득한 도로의 가장자리에 수많은 포장마차가 서 있는데, 그 속에서 주인이 커다란 냄비에 하얗고 통통하고 긴 벌레랑 빨간 소스를 넣고 부글부글 끓였어. 포장마차 앞에 줄지어 서 있던 사람들이 그 빨간 소스 묻은 하얀 벌레를 너무나 맛있게 먹었고 말이야. 우리는 입을 딱, 벌렸지. 나중에야 그게 벌레가 아니라 떡이라는 걸 알았지만. 나는 맵고 끈적거려서 아직 잘 못 먹는데 이곳 사람들은 이 더운 날씨에 그 뜨겁고 매운 걸 너무나 맛있게 먹어. 마마, 내가 제일 맛있게 먹는 건 삼겹살구이야. 고소하고 쫄깃쫄깃해. 곁들여 여러 종류의 소주를 조금씩 섭렵하고 있지. 우리는 끝없이 먹고, 열심히 쇼핑하고, 노래방에서 목이 쉬도록 노래하고, 이런저런 파티에 매일 쫓아다니느라 바빠. 스펀지라도 된 듯 온몸으로 한국을 빨아들이고 있는 중이지."

"노래방?"

"응, 가라오케 같은 건데, 한국에서 노래방은 독일 사람들이 꼭 챙겨 먹는 후식 같은 거야. 한국 사람들은 노래 부르는 걸 참 좋아해."

"넌 무슨 노래를 부르지? 팝송?"

"응, 팝송. 근데 교포 2세들은 한국 노래를 불러. 걔네들, 가사도 다 외우고 발음도 정확해서 내가 깜짝 놀랐어. 부모들이 집에서 자주 불러서 그렇다나? 그 노래 중의 하나가 〈만남〉

이야. 그 노래 부른 아이가 영어로 앞부분을 번역해 줬는데, 우리의 만남은 우연이 아니래. 간절한 바람이었대. 자주 들어서 나도 이제 부를 수 있어."

"그래? 어디 한번 들어 볼까?"

"발음에 자신이 없어서 내가 노래방에서는 절대로 안 부르는데, 마마 앞이니까 한번 해 볼게. 흠흠. 우뤼… 만나믄… 우여니… 아니야… 그거슨… 우뤼애… 바이어써……."

"와, 잘하는데? 내 귀에는 한국 원주민의 발음처럼 들려! 근데 인영아, 한국, 특히 서울은 조금 지저분하다던데, 어때? 사람들이 약속은 잘 지켜? 이게 바로 외국인의 편견 아닐까 싶다만."

"마마, 그거 편견 맞아. 서울은 인구 천만의 도시야. 인구가 천만인 도시치고 지저분하지 않은 곳이 있어? 한국 사람을 뺀 모든 사람들이 약속을 잘 지킬까? 어제는 아랍에서 온 학생이 한국에는 향수 종류가 별로 없다고 말했어. 내가 뭐라고 한 줄 알아? '우리' 한국인은 외국인보다 땀을 덜 흘려서 냄새가 덜 나, 그러니까 향수 종류가 별로 없는 거지. 마마, 나, 웃기지?"

"너는 한국인의 몸을 가졌으니까 우리,라고 말할 수 있지. 나는 한국에 가서 향수 고를 생각일랑 아예 말아야겠구나."

"내가 우쭐해 하면서까지 걔에게 그렇게 말한 건 구체적인 이유가 있어서야. 18년 만에 처음으로 내 머릿결에 맞는 샴푸를 발견했거든. 그건 정말 세기의 발견이었어. 감은 후에 부드럽게 빗질이 되는 샴푸라니!"

"흥분해서 말하느라 빨갛게 상기된 네 얼굴이 보이는 듯하네. 세기의 발견을 했다니, 얼마나 좋았을까? 네가 잔뜩 사다 놓은 독일 샴푸는 이제 내 차지네?"

"그럼에도 불구하고 마마, 나는 외국인이야. 서울의 길은 미로 같아서 헤매기 일쑤인데 그것까지는 괜찮아. 한국인과 섞이는 순간 내가 그들 중의 하나라는 느낌이 좋거든. 그런데 문제는 누군가 내게 말을 걸었을 때야. 내가 그를 멍청하게 바라보는 사이에 그가 고개를 갸웃거리며 다른 사람에게 말을 걸었어. 조금 후에야 알았지. 그가 길을 물어보았다는 걸. 알아듣지 못한 내가 물건 쳐다보듯 했으니 그가 얼마나 당황했을까? 나는 말없이 지나가는 군중 속에서 말없이 지나갈 때에만 한국인이야."

"너답지 않게 소심하기는…… 그 사람은 널 중국 여자인가 보다, 생각했을 거야. 요즘 나도 귀가 잘 안 들려서 길거리에서 누군가가 뭘 물어오면 멀뚱멀뚱 쳐다보는데, 물어본 사람은 아마 나를 폴란드에서 온 여자이겠거니, 생각할 거야."

"마마, 서울은 정말 놀라운 도시야. 배트맨 영화에 나오는 도시처럼 고층 건물들이 빽빽하게 들어서 있고, 수많은 사람들이 매일 행군하듯 도로를 걸어. 새벽 두 시건 낮 두 시건 상관없이 8차선의 도로를 수많은 차들이 쌩쌩 내달리고 말이야. 상점은 언제나 열려 있고, 사람들은 아침부터 김치와 밥을 먹어. 7유로 정도에 해당하는 게 만 원인데, 그 만 원에 붙은 0이 몇 개인 줄 알아? 4개야, 4개. 독일에서처럼 며칠 후가 아니라 30분 만에 바짓단을 줄여 주고, 5분 만에 구두 굽을 고쳐 줘. 인터넷과 휴대폰도 한 달이 아니라 순식간에 연결돼!"

"와, 정말 굉장한 도시구나."

"마마, 말하려면 밤을 새워도 모자라. 여긴 지금 밤 12시, 나 이제 잘게. 내일 다시 신나게 이야기해 줄게, 응?"

*

한국어를 배우러 온 우리는 시간이 있을 때 모여서 스터디를 하는 대신 우루루 파티에 몰려다니며 영어로 수다를 떨었다. 그러던 어느 날, 나처럼 한국 맥주인 하이트를 마시던 어떤 입양아와 이야기를 나누게 되었다. 그녀의 이름은 리, 네덜란드에 입양이 되었는데 한국에 돌아와 지금 입양기관에서 일한다고 했다.

리는 나에게 입양아들의 모임에 대해, 입양아 차별문제와 입양아 사업 등에 대해 이야기했다. 가장 문제인 건 싱글 맘이 키우는 아이에게는 5만 원 정도를, 기관이 맡은 아이에게는 100만 원 정도를 지급해 입양을 조장하는 한국의 정치제도라고 했다.

나는 그녀의 이야기를 듣던 중 내가 홀트를 통해 독일로 입양되었다는 걸 알았다. 리가 불쑥 물었다. 입양기관에는 입양아들의 기록이 남아 있어, 18세부터 그걸 볼 수 있지, 그걸 보고 싶지 않니?

너무나 갑작스러운 질문에 나는 어찌할 바를 몰랐다. 그 기록을 왜 보나? 본다고 뭐가 달라지나? 기록 속의 사실이 진짜인지 어떻게 믿나? 여러 부정적인 생각이 들었다. 하지만 조금 시간이 지나자 궁금증이 일었다. 흥미 있는 영화의 앞부분, 언제나 내가 궁금해 하던 것이었다.

하지만 나를 컨트롤하지 못하는 상황이 벌어질까 봐 겁이 났다. 관심이 없는 척했다. 하지만 그건 잠시, 리에게 결국 물어보고야 말았다.

"어떻게 해야 내 서류를 볼 수 있지?"

"그냥 내일, 사무실에 오면 돼."

"오 마이 갓! 그냥 내일? 너무 쉬운걸? 신청서를 써서 제

출하고, 최소한 일주일 정도 기다려야 소식이 오는 거 아냐? 하긴, 여기는 며칠이 아니라 30분 만에 바짓단을 줄여 주고 한 달이 아니라 순식간에 인터넷이 연결되는 나라지."

"다시 한 번 묻겠는데, 네 서류를 진정 보고 싶은 거지?"

"그게, 그러니까…… 사실은…… 그야 뭐, 못 볼 이유는 없지……."

"알았어. 내일 오전 11시, 사무실에서 만나자."

리의 명함과 약도를 받은 나는 기숙사로 발길을 돌렸다. 그동안 마신 맥주의 취기가 한꺼번에 몰려들었다. 내가 왜 그걸 봐야 하지?,라는 생각이 순간적으로 들었지만 몇 초 지나지 않아 궁금증이 다시 승리를 거두었다. 기숙사에 돌아와 마마에게 전화했다.

"마마, 한국에 도착한 순간부터 한국은 내게 그 어떤 나라가 아니라 내가 태어난 곳이라는 생각이 들어. 하지만 난 한국에 대해 아직 너무 몰라. 차별화시킬 능력이 없어. 거리두기에 실패할 것 같아. 불안해."

"우리 딸이 왜 이렇게 자신 없는 소리를 할까? 혹시 어디 아픈 거 아니야?"

"마마, 나는 왜 한국에 왔을까?"

"점점…… 네가 한국에 간 건 다른 게 아니야. 기억력이 엉망인 내가 네가 태어났을 때의 머리둘레와 키, 몸무게를 잊어 먹었기 때문에 네가 출생기록이 남아 있는 병원에 다니러 간 거야."

"내가 한국에 온 게 마마에게는 어떤 의미지?"

"그거야 엉망인 내 기억력이 다소 회복되는 걸 의미하지, 크크. 근데, 진짜 왜 그래? 응?"

"마마, 홀트에서 일하는 리를 알게 되었어. 리는 한국에 돌아온 입양아들이 뿌리를 찾으려고 할 때 도와준다고 해. 리도 입양아야. 리가 말했어. 자신과 비슷한 이야기를 매일 접하게 돼 힘들지만 그게 어떤 건지 알기 때문에 자신 있게 할 수 있는 일이라고. 마마, 내일 리의 사무실에 가기로 했어."

"그랬구나. 잘되었다. 아무리 돌려 말해도 너는 결국 그 서류를 보러 한국에 간 거야!"

"마마, 나 키우느라고 힘들었어?"

"힘들기는. 네게서 오히려 힘을 얻었는걸? 네가 보는 눈으로 세상을 보게 해 주고, 네 즐거움을 전염시켜 주고…… 내가 그동안 무슨 좋은 일을 했기에 이런 축복이 내렸나, 싶었다. 너를, 네 웃음을 보지 못한 사람만이 이런 말을 할 수 있다고 생각했어. 세상에는 기적도, 희망도 없다는 말을."

"마마, 내가 그렇게나 예뻤어?"

"예쁘기만 했을까. 어느 날 내가 옆집 아이를 안으니까 네가 갑자기, 마마 안아 주지 마, 소리쳤어. 그때 정말 감동이었다! 너를 처음 본 날 내가 너무 흥분하는 바람에 널 공항에 데려다 준 한국 여자 분에게 주소를 물어보지 못했는데, 순간 그게 후회되었어. 주소를 알았더라면 예쁘게 자라는 네 모습을 사진에 담아 가끔 보내 주었을 거야."

"아, 행복하다…… 마마랑 이야기하니까 다시 자신감이 생겨. 하이네가 쓴 시에서처럼, 내 앞에 왕이 나타난다 해도 눈을 아래로 내리깔지 않을 만큼의 자신감!"

*

창이 환했다. 서류를 보고 난 후의 내 표정도 저처럼 환하려나, 생각하며 시계를 보았다. 7시였다. 약속시간이 4시간이나 남아 있었다. 하지만 더 이상 잠이 오지 않아 침대에서 일어났다.

한여름의 햇살이 아침부터 쨍, 내리쬐는 길을 걸었다. 전철역 앞에 있는 스타벅스에 앉아 카푸치노 한 잔을 마셨다. 천천히 마셨음에도 불구하고 채 10분이 지나지 않았다. 약속시간은 아직 2시간이나 남아 있었다. 이게 혹시 영화의 한 장면이 아닐까? 나는 진정 그곳에 가기를 원하는 걸까? 내가 지금껏 알고 있던 게 잘못된 것이라면?

두서없이 떠오르는 질문 앞에서 손이 떨렸다. 카푸치노를 마시다가 테이블에 조금 쏟았다. 지금 행복한데 왜 나는 거기에 가려고 하지? 그곳에서 아무것도 발견하지 못한다면? 아니, 무엇인가를 발견한다면? 소파에 파묻혀 생각에 생각을 거듭할수록 불안해졌다. 한국에 돌아와 자신의 뿌리를 찾는 수많은 입양아 중의 하나라는 게 처음으로 실감났다.

나는 얼른 생각을 바꾸었다. 아니야, 나의 입양은 내 삶의 아주 작은 부분이야. 마마의 말대로 출생기록을 보려고 내가 태어난 병원에 한번 가 보는 거야. 맞아, 종이 한 장이 세상을 바꿀 수 없지. 오늘 하루를 정점으로 before 오늘, after 오늘, 이런 구분이 생기지는 않아!

나는 카페에서 일어났다. 전철을 타고 두 정거장을 지났다. 계단을 걸어 출구로 올라갔다. 그제야 나는 리의 명함과 약도를 집에 두고 왔다는 걸 알았다. 아, 나는 그곳에 가고 싶지 않았나 보다. 나는 숨을 고르며 약속장소를 머릿속으로 그려 보았다. 그러다 고개를 들었다. 세상에나, 나는 홀트 건물 바로 앞에 서 있었다. 아, 나는 이곳에 오고 싶었나 보다. 아니야, 나는 오고 싶지 않았어, 돌아가자, 생각했다. 하지만 생각과는 달리 내 발은 홀트 건물 안으로 들어가고 있었다.

수위아저씨가 어디로 가냐고 물었다. 아니, 물은 것 같았다. 오늘 리,라는 분과 11시에 약속을 했어요,라고 나는 영어로 말했다. 영어를 못하는 수위아저씨가 영어를 조금 하는 간호사에게 나를 데려다 주었다. 그녀가 나를 다시 다른 수위아저씨에게 데려다 주었다. 그가 약도를 그려서 내 손에 쥐여 주었다. 검지를 뻗어 길 아래를 가리키며 쭉,이라고 말했다.

그의 말을 이해했는지 알 수 없는 상태로 나는 그 길 아래로 쭉, 걸어 내려갔다. 그러나 홀트의 다른 건물이 있어야 할 그곳에 아무것도 보이지 않았다. 이 사람들이 나를 바보로 만들다니! 나는 명함을 챙겨오지 않은 주제에 화가 나 씩씩거리며 왔던 길을 되돌아갔다. 길 위로 쭉!

약도를 쥐여 주었던 수위아저씨가 하하 웃으며 다시 한국말로 설명해 주었다. 나는 저만치에 서 있는 간호사에게 다가가 영어로 말했다. 길을 못 찾았어요. 수위아저씨가 나를 그곳까지 데려다 주게 해 주세요.

나랑 한마디도 안 통하는 수위아저씨가 나를 그곳에 데려다 주었다. 조금 아까 그려 준 약도와 전혀 다른 길을 걸어서. 그곳은 사무실이라기보다 어떤 펜션처럼 보였다. 수위아저씨가 손가락으로 2층을 가리켰다. 어쩔 수 없었다. 분을 삭이며 나는 2층으로 올라갔다. 믿지 않으면서도 올라갔다.

약속시간에서 10분이 지나 있었다. 아, 나는 약속시간의 4시간 10분 전에 침대에서 일어났어야 했다!

나는 어떤 방 앞에 서 있었다. 나를 도와줄 그 누구도 보이지 않았다. 나는 다짜고짜 사무실 안으로 들어갔다. 화가 나서 못 견디겠다는 듯 씩씩거리며 영어로 말했다. 입양아에게 서비스를 제공하는 리를 찾아왔어요! 하지만 지금까지 그 누구도 나를 도와주지 않았어요!

그때였다. 저 앞에서 리가 일어났다. 화를 낸 게 부끄러워 얼굴을 붉히는데 리가 다가왔다. 방명록 비슷한 책을 내밀며 말했다.

"여기에다 이름과 나이를 써. 왜 서류를 보려고 하는지도 쓰고."

나는 'Volmer, In-Young. 18살. 궁금해서'라고 간단히 썼다. 독일에서 그렇듯 서류에 기입을 한 다음 며칠 기다려야겠지, 생각하는데 세상에! 리의 손에 어느새 내 서류가 들려 있었다. 우리는 회의실로 들어갔다.

"어떻게 이렇게 금방 내 서류를 찾았지?"

내가 놀란 얼굴로 묻자 리가 하하 웃으며, 이게 내 직업인걸, 하고 대답했다.

그녀가 내 부모와 나에 대한 정보가 적힌 서류를 하나하나 찬찬히 보여주었다. 나를 독일로 입양하는 과정에서 준

비되었던, 마마가 가지고 있어서 이미 내가 본 것들이었다. 이것뿐이군, 싶어 안심이 되는 한편 미진한 느낌이 들었다. 리가 물었다.

"혹시, 더 알고 싶은 게 있어?"

"리, 서류에 적힌 7월 23일은 홀트에서 추정한 내 생일이야. 혹시 내 생일을 가장 근접하게 알 수 있는 방법이 없을까? 버려졌기 때문에 난 정확한 생일을 몰라."

"인영, 네가 뭔가 잘못 알고 있어. 넌 버려지지 않았어."

"뭐? 18년 동안 나는 그렇게 알고 있는데? 리, 지금 나에 대해 말하는 거, 맞아?"

"조금 아까 내가 한국말로 쓰인 쪽지 한 장을 영어로 번역해 놓았어. 자, 읽어 봐."

스타벅스에서 카푸치노를 쏟을 때보다 더 떨리는 손으로 나는 쪽지를 받았다. '나는 아이를 병원에서 낳았고, 금방 입양시설로 보냈습니다. 아이 아빠와 커플이 되었지만 그가 속이고 있다는 걸 알았습니다. 우리는 헤어졌고, 한참 후에야 임신했다는 걸 알았습니다. 그때 나는 18살이었어요. 그는 아이를 책임지려고 하지 않았습니다. 나는 가족에게 돌아갔고, 엄마와 의논 끝에 결정을 내렸습니다. 아이를 낳는 동시에 입양시설로 보내자고요. 아이의 이름은 김인영입니다. 7월 23일 12시 5분에 3.4킬로그램의 건강한 아이로 태

어났습니다. 키는 51센티미터였습니다. 아이가 좋은 부모를 만나 행복하게 살기를 기도하겠습니다.'

쪽지를 읽은 나는 아무 말 없이 가만히 앉아 있었다. 그늘에 서 있는 나를 누군가 갑자기 양지로 떠민 듯 모든 게 비현실적으로 느껴졌다. 리가 말했다.

"친엄마를 찾고자 하면 개인탐정이 총알이 날아가는 속도로 찾아줄 수 있어. 하지만 찾는 게 최선은 아니지."

"그럴 것 같아…… 지금 행복하게 사는데 갑자기 아이가 나타나면 혼란스러울 거야."

"사람마다 다르지만 내 친엄마는 당신을 찾는 아이가 있다는 전화를 받고 욕부터 했대. 뭐, 그럴 수 있지. 얼마나 놀랐겠어? 당신의 출산에 대해 아무도 모르는데 말이야. 그 당시에는 마음이 아팠지만 이제는 괜찮아. 이해할 수 있어."

"내 진짜 생일을 알았는데, 그래서 내 별자리가 사자자리라는 걸 알았는데…… 내 성이랑 내가 태어났을 때의 몸무게, 그리고 키도 알았는데…… 여태 안 만나고도 행복하게 살았는데…… 이것만으로 충분해. 친엄마를 찾을 생각은 없어."

"입양아에게 가장 두려운 건 친부모에게 또 한 번의 거부를 당하지 않을까, 하는 거야. 막상 찾으려고 했을 때 나도 그게 가장 두려웠거든. 지금의 네 맘, 내가 알아."

상대가 무슨 말을 하는지 잘 아는 사람이 해야 하는 일,을 한다던 리의 말이 이제야 이해되었다. 상처를 터놓은 다음 바람을 쐬고 햇빛을 받으면 더 잘 아물듯 우리는 바람 같기도 하고 햇빛 같기도 한 이야기를 조금 더 주고받았다. 내가 다시금 아무 말이 없자 리가 일어나 내 서류를 제자리에 가져다 놓았다.

우리는 함께 거리로 나왔다. 아침보다 해가 더 뜨거워지고 습도도 더 높아진 듯했다. 18년 전의 7월, 그리고 8월의 날씨도 이러했겠지. 그 뜨겁고 습한 대기 속으로 친엄마의 신음 소리와 피 냄새가 스며들었겠지. 배꼽 주위로 문득 싸한 통증이 퍼졌다. 나와 친엄마를 잇던 탯줄이 소독된 가위로 싹뚝, 잘렸을 때의 통증 같은…….

우리는 위로 쭉, 걸어 올라가며 말을 주고받았다. 내 마마는 왜 그 쪽지를 못 보았을까? 영어로 번역하기 귀찮아 홀트 측에서 일부러 뺐는지도 모르지. 그래도 되는 건가? 기록이 왜곡되거나 분실되는 거, 그거, 아주 흔해…….

우리는 수위아저씨에게, 또 간호사에게 감사하다고 인사했다. 간호사가 서 있는 뒤로 아까는 보지 못한 방이 여러 개 있었다. 그 방마다 작은 침대가 놓여 있었다. 비행기를 타고 곧 외국으로, 양부모의 품으로 날아갈 아이들이 그 침대에 누워 새근새근 잠들어 있었다. 그들의 양부모는 그들이 아플 때 뜨거운 이마를 짚어 주고, 아이 대신 가방을 어깨에 메고 등교를 시킬까? 추정된 생일날 케이크를 구워 해피 벌스 데이 투유, 축하의 노래를 불러줄까? 그들도 나처럼 어느 날 양부모에게 허전함을 안겨주고 이곳으로 돌아올까?

리와 헤어져 전철을 탔다. 두 정거장을 지났다. 전철역 앞의 스타벅스에 다시 앉았다. 카푸치노 한 잔을 앞에 놓았다. 만약 친엄마가 나를 입양기관에 보내지 않았다면 나는 지금 어떻게 되었을까? 내가 앉아 있는 이 스타벅스 앞으로 그녀가 지나간다면 그녀는 나를, 나는 그녀를 알아볼까? 그녀에게 행복이란 어떤 것일까? 한때 사랑했던 나의 친아빠를 그녀는 한번이라도 만났을까? 만났다면 무슨 말을 했을까? 다시금 쏟아지는 질문 앞에서 허둥거리다가 나는 다시 카푸치노를 쏟았다. 티셔츠에 쏟아진 카푸치노를 잠시 멍하니 쳐다보았다. 이 모든 질문에도 불구하고 나는 친엄마에게 그저 지우고 싶은 얼룩일지도 몰라,라는 생각이 들었다. 눈물이 날 것 같았다. 나는 얼른 마마에게 전화했다. 아, 마마! 내가 깨운 건지 할로, 하며 전화를 받는 마마의 목소리가 부스스했다.

"구텐 모르겐, 마마……."

"아, 내 보물! 구텐 모르겐! 지금 어디야? 거긴 벌써 다녀온 거야?"

"응, 마마……."

"어땠어? 우리가 모르던 새로운 사실을 발견했어?"

"아니, 그런 거 없었어. 마마와 내가 알고 있던 그대로였어……."

"그래? 싱거운걸? 근데 목소리가 왜 그렇지? 어디 아파?"

"아니야, 마마. 너무 더워서 그래. 여기, 섭씨 32도에 습기 80퍼센트야. 대단하지? 아니아니, 마마가 보고 싶어서 그래."

"나도 네가 몹시 보고 싶구나. 네가 돌아올 날을 손꼽아 기다리고 있다."

"내가 보고 싶으면 며칠 전에 휴대폰으로 전송한 사진 있지? 그걸 봐."

"안 그래도 그러고 있다. 한국 아이들 속에 있는 네 모습이 처음에는 낯설었는데 계속 보니까 그렇게 자연스러울 수가 없어. 그래, 너는 거기에 속하는 아이지."

"맞아. 나는 여기에 속해. 그리고 거기에도 속해. 나는 두 나라 사람이야. 여기에 속하지 않는다면 내가 어떻게 금방 젓가락질을 배웠겠어? 왜 내가 다른 외국인보다 한국 음식을 잘 먹겠어? 그렇지만 나는 아주 작은 부분만 한국에 속해. 나는 독일인이야. 독일어가 내 모국어야. 마마가 내 엄마인 것처럼!"

"네가 한국인이든 독일인이든, 너는 내 딸이야. 내 보물이야!"

"당케, 마마…… 언제나 내 말을 들어주어서…… 언제나 내 편을 들어주고, 또 내 말을 믿어 주어서……."

"떨어져 있으니까 서로가 서로를 제대로 알아보네! 성과다, 성과! 그지?"

*

예정한 대로 5주가 지나 나는 독일행 비행기를 탔다. 며칠 전에 나는 고급반 아이들에게 교정받은 두 문장을 한글로 삐뚤빼뚤하게 써서 내 서류에다 집어 넣었다. '김인영은 지금 행복합니다. 당신도 행복했으면 좋겠습니다.' 내가 태어나 18년 만에 서류를 보았듯 그녀도 지금으로부터 18년 후에 그 서류를 볼지 모른다. 더 빨리 볼 수도, 영영 보지 않을 수도 있다. 그녀가 볼지 안 볼지 알 수 없다는 게 그리 나쁘게 여겨지지 않았다.

공항에 도착했다. 내 모국어가 통하는 공항, 밥과 김치가 아니라 빵과 햄 냄새가 코를 간질이는 공항은 언제나 그렇듯 분만실 못지않게 분주하고 소란하다. 베이비를 편하게 눕힐 수 있는 빈 바구니 대신 꽃다발을 든 마마가 나를 기다리고 있다. 아, 마마! 18년 전과 달리 눈꺼풀이 처지고 흰머리가 듬성듬성 보이는 마마와 나는 포옹한다. 지금부터 나를 독일의 일상으로 성큼 이월시켜 줄 포옹이다. 이 포옹 앞에서는 어떤 사랑의 말도 조잡하다.

집으로 가는 차 안에서 나는 한국에서 녹음해 온 노래를 튼다. 크게 따라 부른다. 우뤼… 만나믄… 우여니… 아니야… 그거슨… 우뤼애… 바이어써. 잠시 멈췄다 출발하는 차의 시동 소리에 묻히지 않게끔 내 목소리는 더 커진다. 도라…보줘… 마롸… 후헤…하줘… 마롸…….

작가의 말

인영이의 실제 이름은 지나 발케(Sina Balke)입니다. 독일 남부에 있는 아욱스부르크 대학에서 공부를 마쳤습니다. 멋진 남자와 결혼해 이름이 이제 지나 발케-유운(Sina Balke-Yuhn)이 되었지요. 오스트리아에 살고 있고 마케팅 분야에서 일합니다.

삶이란 작은 이야기들의 합성이고 수많은 만남의 연속이 아닐까요? 합성된 이야기, 또는 연속되는 만남의 한 단면을 들여다볼 수 있게끔 마음을 열어준 지나에게, 지나의 친구 세미에게 감사의 마음을 전합니다. 소설화하는 과정에서 많은 부분이 실제와 달라졌지만 이해해 주리라 믿어요.

글을 쓰면서, 마침내 글에 마침표를 찍으면서 내내 이 말을 떠올렸습니다. 'Mit einer Kindheit voll Liebe kann man ein halbes Leben hindurch die kalte Welt aushalten. —장 파울(Jean Paul)' 의역을 하자면 이렇습니다. 유년에 사랑을 많이 받고 자란 사람은 차갑기 그지없는 이 세상을 최소한 반평생 동안은 견뎌낼 수 있다.

이 글을 쓰면서 마음이 참 따듯해졌습니다. 읽는 분들의 마음도 따듯해졌으면 좋겠어요. 유년의 충만한 사랑과 더불어 이 따듯함을 연료로 칼바람이 몰아치는 삶의 겨울을 거뜬히 견뎌낼 수 있다면 그 또한 좋겠습니다.

북멘토 청소년문학선

바다로 간 달팽이

느림의 대명사인 달팽이가 바다로 간다는 것은 무모한 도전이자 모험일 것입니다. 한국 사회에서 십대가 되었다는 것은 '위험한 모험을 시작했다'는 말과 동의어인 것처럼 말이에요. 금방이라도 바스라질 것처럼 약하디약한, 그러나 제 몸보다 큰 집 한 채 등에 지고 묵묵히 제 갈 길 가는 달팽이가 바다로 가는 걸 상상해 봅니다. 따뜻함, 희망, 자유, 만물의 근원을 상징하는 바다로 간 달팽이가 푸른 바다 앞에서 긴 방황과 좌절 끝에 다시 꾸게 될 빛나는 꿈 한 조각, 담아낼 수 있다면 좋겠습니다. 북멘토 청소년문학선 '바다로 간 달팽이' 시리즈, 눈부시게 푸르고 태양보다 뜨거운 청춘의 심장 같은, 오직 청소년을 위한 문학의 행진이 시작됩니다.

바다로 간 달팽이 **001**

난 아프지 않아(청소년테마소설집)

1판 1쇄 발행일 2012년 3월 30일 • **1판 17쇄 발행일** 2020년 12월 3일
글쓴이 이병승, 김도연, 이경혜, 구경미, 권정현, 변소영 • **펴낸곳** (주)도서출판 북멘토 • **펴낸이** 김태완
편집주간 이은아 • **편집** 김정숙, 조정우 • **디자인** 구화정 page9, 안상준 • **마케팅** 최창호, 민지원
출판등록 제6-800호(2006. 6. 13.)
주소 03990 서울시 마포구 월드컵북로 6길 69(연남동 567-11), IK빌딩 3층
전화 02-332-4885 • **팩스** 02-6021-4885 **이메일** bookmentorbooks@hanmail.net
인스타그램 https://www.instagram.com/bookmentorbooks__
페이스북 https://facebook.com/bookmentorbooks

ISBN 978-89-6319-039-6 03810